王妃様が
男だと気づいた私が、全力で
隠蔽工作させて
いただきます！
2
JN121992

王妃様が男だと気づいた私が、全力で隠蔽工作させていただきます！2

梨　沙

R I S A

一迅社文庫アイリス

CONTENTS

人物紹介
Characters

グレース・ラ・ローバーツ

ラ・フォーラス王国の王妃で、絶世の美少女。
小国の姫だったが、
国王に見初められ妃となった。
実は女装をした少年。

ヒューゴ・ラ・ローバーツ

ラ・フォーラス王国の国王。
長身の美丈夫で、豪快な性格。
覆面作家ジョン・スミスとして
執筆活動をしている。
カレンを気に入り口説いている。

カレン・アンダーソン

王妃の秘密を知り、
王妃付きの侍女となった
辺境の村出身の少女。
元気で表情がコロコロ変わり、
喜怒哀楽がわかりやすい。
覆面作家ジョン・スミスの本を
愛読している。

トン・ブー

王妃に飼われているブタ。
頭が良く好奇心旺盛。
普通のブタよりも小さな種類。グレースの友人。

ヴィクトリア・ディア・レッティア

公爵令嬢で、ヒューゴの元許嫁。
金髪、青い目の美女。ジョン・スミスの本を
愛読し、カレンとは読友。

レオネル・クルス・クレス

ラ・フォーラス王国の宰相。もともとは黒髪だが、
ストレスで白髪となった。苦労性で
「胃が痛い」とよく倒れている。

ハサク

カシャの専属護衛。
白い仮面をつけた寡黙な人物。

カシャ・アグラハム

リュクタルの次期皇帝候補の皇子。
好みの女はすぐに口説く節操のない青年。

ビャッカ

カシャの世話係である美女。
沈着冷静で有能な女性。

ギルバート・クルス・クレス

クレス公爵。レオネルの父親で、
白髪、灰色の目のパワフルな老人。

《 用語 》

リュクタル

ラ・フォーラス王国から海を渡った南洋の国。
金剛石（ダイヤモンド）を主な輸出品とする豊かな国。

ラ・フォーラス王国

緑豊かな広大な国土を持つ大国。
領土問題で帝国と小規模な争いがあるが、
現在はほぼ膠着状態。

イラストレーション◆まろ

王妃様が男だと気づいた私が、全力で隠蔽工作させていただきます！2

Ouhisama ga otokodatokiduitawatashi ga zenryoku de inpeikousaku saseteitadakimasu

序章　侍女が注目の的らしいですよ！

「号外、号外ー!!」

　家々の窓辺に花かごが下がり、さまざまな花をつけた街路樹が道を彩って堅牢な王城さえも花蔦で飾られることから〝花の都〞と謳われるラ・フォーラス王国の王都――国中でもっとも活気づく国の中心で、刷り上がったばかりの号外がばらまかれる。

「三年ぶりに花章を受けた女傑！　あのカレン・アンダーソンが！　なんと！　市中に出回った死の酒の後遺症に効果のある薬を発見したよ！　二度目の叙勲なるか!?　さあ、詳細は号外に！」

　男が紙束を高らかにかかげて声を張り上げる。

「最近流行のドレスの考案者が彼女だって話、本当なの？」

　誰かがささやく。コルセットで体を締めつけるのはもはや古典的と言われ、ゆったりとしたドレスで胸元を愛らしく飾るのが最新のファッションだ。女たちはその着やすさに感嘆し、お針子たちは次々と入る注文に嬉しい悲鳴をあげているらしい。

「生地が縮まない画期的な洗剤の考案者って聞いたけど」

高価なドレスは洗うと縮むのが宿命だった。だから洗わないのが鉄則で、貴族たちは数回着ただけのドレスを使用人に下賜する。けれど、貴族がみんな金持ちというわけではないので汚れや汗などを落としたい場合や、気に入ったドレスを大切に着たいという女性に件の洗剤は大変重宝されている。

「台所用品に革命を起こした才女って聞いたよ」

油汚れを一度で落とし肌にも優しい洗剤は人々のあいだで口コミで広がって、今では信奉者まで出ている。不快虫を撃滅させる燻煙剤は飲食店の救世主とまで言われた。

「いやいや、国王陛下の元許婚でいらっしゃるヴィクトリア様の命の恩人とか！　しかも、不仲説まであったヴィクトリア様と王妃様の仲を取り持ったって噂じゃないか！」

詳しいことはわからないまでも、本来ならギスギスするであろう高貴な二人の女性は、カレン・アンダーソンのおかげで無二の親友のように仲がいいらしい。

「城で飼われている凶暴なブタを唯一手懐けた女神！」

もはや伝説である。

「ネタが古いぜ。カレン・アンダーソンといえば、横領事件を暴いた立役者だよ。彼女の洞察力に、あの宰相閣下も頭が上がらないって」

「侍女なのに？」

「そうなんだよ、侍女なのに。すごい逸材だぜ。貴族連中は彼女の後見人になりたくて、連日手紙を送ってるんだってよ」

カレン・アンダーソンは、登城して間もないにもかかわらず、数々の偉業を成し遂げた時の人だ。

けれど、一つ、その噂には大きな〝事実〟が抜けていた。

その侍女は、この国の王――

ヒューゴ・ラ・ローバーツに求愛されている、と。

第一章　宰相閣下ご一行が療養地に向かうらしいですよ！

1

カレン・アンダーソンの朝は一年竹で編まれた小さなベッドからはじまる。

「……なぜいまだに私のベッドでトン・ブーが寝ているのかしら」

トン・ブーはラ・フォーラス王国の王妃であるグレース・ラ・ローバーツの愛玩動物だ。ツヤツヤの白い体毛でおおわれたピンクの小人豚で、使用人用のベッドの中央で、枕を使ってうつ伏せに眠っている。

ちらりと視線をよこして二度寝するブタに溜息をつき、カレンは手早く着替えて使用人部屋を出た。王妃の私室を警護する近衛兵に声をかけると丁寧なあいさつが返ってきた。

階段を下り、朝食の支度でごった返している調理場に向かう。

「カレン、王妃様用のお湯か？　そこの鍋から持っていっていいぞ」

城に来た当時はカレンをすげなくあしらっていた総料理長が、大鍋で食材を炒めながら声をかけてくれた。

「ありがとうございます。いただいていきます」

カレンは会釈して水差しに湯をわけてもらう。

(花章をもらってからみんなが優しい……!!)

ほくほくと調理場を後にすると、行き合った人たちがカレンに道を譲ってくれた。受章したとはいえ平民であり下級侍女であるカレンは、貴族出身の上級侍女はもちろんのこと兵士や近衛兵にまで道を譲ってもらえる状況にただただ恐縮し、王妃の私室へと戻った。

王妃の私室は応接室が二つに寝室、衣装部屋、さらに使用人部屋の五つから構成されている。使用人部屋から直接廊下に出るとロックがかかってしまうので、入るときは必ず応接室を通らなければならないという仕様だ。

カレンはいつものように寝室へと移動し、水差しをテーブルに置くとカーテンを開けた。

「おはようございます、グレース、さ、ま……!!」

振り向いたカレンは、危うく叫ぶところだった。天蓋付きのベッドの周りに男物の服が散乱していたのだ。高価な家具が惜しげもなく置かれた完璧な寝室に、脱ぎ捨てたとわかる服の数々――カレンはゴクリとつばを飲み込んでベッドへと視線を移す。

(ぎゃあああああ!!)

下級侍女は使用人より立場が上というだけで、基本的には置物と同じ扱いだ。主人の希望に完璧に応え、感情をそぎ落として決して取り乱してはならない。

悲鳴が胸中でとどまったのは、日頃の訓練の賜物だった。

（い、いつの間に陛下が……!?）

ベッドの真ん中で、国王陛下ことヒューゴ・ラ・ローバーツが、妻であるグレースを抱きしめて眠っていた。遠征に出ても焼けることのない白い肌は張りがあって健康的で、背中から腰にかけて筋肉質ながら滑らかなラインがたいへん煽情的だった。

（全裸――!!）

服を着ていると眠れない性分なのだと聞いている。もぞもぞと動くヒューゴに、カレンは反射的に後ずさった。

（と、取り乱してはだめよ。こ、こ、ここは侍女らしく、冷静に対処を……!!）

「おはようございます、陛下」

「ああ……もう朝か」

ヒューゴが起き上がると、戦において軍神とまで呼ばれた鍛え抜かれた大胸筋が見えた。適度に割れている腹筋は有名な彫刻家が手がけた彫刻より美しく、肌にかかるシーツが芸術的に裸身を隠し、見ているだけで頬が熱くなった。

「グレース、朝だ」

色っぽくかすれた声で妻を呼ぶ姿にカレンはどぎまぎした。

昨日、崇拝するジョン・スミスの本のことでグレースとおおいに盛り上がった。正確にはカレンが一人で興奮していたのだが、グレースは刺繍を刺しつつそんなカレンに付き合ってくれた。そのせいで就寝がいつもより遅く、寝不足でなかなか起きられないのだろう。

起こすのをあきらめたのかヒューゴがベッドに沈んだ。身支度も朝食も、朝の礼拝も放り出し、二度寝するつもりらしい。ヒューゴにいたっては御前会議もある。このままグレースと一緒に寝てしまったら、いろいろな人に迷惑をかけてしまう。

「陛下、起きてください。陛下……!!」

焦ったカレンはベッドに駆け寄り、ヒューゴの肩に触れた。

直後、ぐるんと視界が反転し、カレンはベッドに倒れ込んだ。呆気にとられる彼女は、おおいかぶさってくるヒューゴに「ひっ」と声をあげる。

空の青を切り取ったヒューゴの瞳が細められると、深みが増して神秘的な星空の色に変わる。

「捕まえた」

耳元で聞こえてきた声はどこまでも甘やかでカレンは赤面した。鼓動が乱れ、体温が上がる。

ぎゅっと目を閉じ、深く息を吸い込んで動揺を殺してからカレンは口を開いた。

「陛下、早く支度しないと御前会議に遅れてしまいます」

「ヒューゴだ」

最近彼は、ことあるごとにカレンに名前を呼ばせたがる。敬称ではなく、ごく一部の人しか呼んでいない彼の名を。

（む、無理、無理、無理——!!）

押し倒された状態で名前なんて呼べるはずがない。もちろん、押し倒されていなくとも呼べるわけがないのだが。

「お戯れが過ぎます、陛下」

訴える声がうわずったうえにかすれてしまった。それに気づいたヒューゴが喉の奥で低く笑うのが、体に直接伝わってきた。

「なんだ、戯れたいのか？」

ささやく息が首の弱い部分をくすぐる。「ひゃっ」と小さく声が出て、カレンはますます赤くなる。

（いやあああ、誰か助けて……!!）

「俺は戯れでお前を口説くつもりはない。覚悟しろと言わなかったか？　花嫁殿」

目を覗き込まれて甘やかにささやく。

求愛されたのは受章後のパーティーだった。お仕着せと田舎くさい服しか持っていなかったカレンが恥をかかないよう高価なドレスとそれに見合う装飾品を贈った彼は、聖典とあがめるジョン・スミスの最新刊とともに彼女に愛を告白した。

思い出すとますます体温が上がる。

もともと好意を持っていた相手からの求愛——彼が一国の王で既婚者だと知っているのにく

らくらしてしまう。

「わ、私のどこが気に入ったって言うんですか！」

とっさに出た反発の声に、ヒューゴは少し考えるように目を細めた。

「そうだな。はじめは突飛な娘だと思った。器用なくせに不器用だし、意外と負けず嫌いなようだし、やたら人の本質を突いてくる。無駄に行動力があって自分で厄介事を背負い込むところなんて、正直、面倒な人間の典型だ」

「う……っ」

当たっているから反論できない。幸い一つずつ解決できたとはいえ、ヒューゴから見たらそうとうやきもきする状況だっただろう。

「だが、なにごとにもまっすぐ向き合う素直さで周りを引っぱる力を持っている。一途で、負けん気が強いところも好ましい。自らの非を認め、コツコツと努力することをいとわない姿は美しいと思う。それに――」

「も、もういいです！」

恥ずかしくなるほどの賛辞の言葉にカレンが悲鳴をあげる。ヒューゴは、カレンが思う以上に真剣に考えてくれていたらしい。

（う、嬉しいとか思っちゃだめ……!!）

抵抗の力まで弱くなってしまう。

「妻の隣で侍女を口説くなんて、どういう神経をしていらっしゃるのかしら」

いきなり聞こえてきた冷ややかな声に、カレンははっと横を見る。ヒューゴの妻でありカレンの主人であり、この部屋の主でもあるグレース・ラ・ローバーツが、声以上に冷ややかな眼差しで見つめていた。

太陽王の異名を持つヒューゴが金髪碧眼の猛々しい美丈夫なら、グレースは星のない夜を溶かし込んだ漆黒の髪に、宝石を思わせる紫の瞳から月を連想する美少女だ。きめ細かな白い肌に整った容貌は〝美姫〟としても有名だった。

そんな彼女は、おもむろに起き上がるとヒューゴを突き飛ばしてカレンに手を伸ばした。

ベッドから半分落ちたヒューゴの見事な裸身に、カレンとグレースが抱き合って同時に悲鳴をあげる。

「なぜまた全裸なの⁉　ふしだらな！」

「は、早くなにか着てください！　陛下！　服を、早く‼」

「だから俺は服を着ていると眠れなくて」

「そういう言い訳は結構よ！」

「そもそも俺たちは夫婦で、それ以前にお前だって俺と同じ男で――」

「口答えしないでくださいっ」

えいっとグレースがヒューゴをベッドから蹴り落とした。床でヒューゴが潰れている。見てはいけない光景に、カレンはもはや涙目だ。

応接室からノックの音がしてカレンは青くなった。素早くベッドから飛び降り、寝室を出ると今まさに開かんとするドアへと飛びついた。

「な、なんでもありません！　む、虫が出ただけです！　退治したので問題ありません！」

細く開いたドアから涙目のまま訴えると、王妃の私室を守る近衛兵が狼狽えつつ「そうか」とうなずいた。即座にドアを閉め、カレンはぐったりと項垂れる。

ラ・フォーラス王国には、誰にも知られてはならない秘密があった。

王が侍女に懸想していること。

そして、美姫として国民から愛される王妃の性別が、実は見た目とはまったく違うということ。

十五歳と若い王妃は、華奢で可憐ではあるが、よくよく見ると女性らしい丸みがどこにもないのだ。

しかも、女性についていてはいけないものがついていたりする。

そう、大変愛らしい彼女は、生物学上〝男〟なのだ。

うっかりその秘密を知ってしまったカレンは、今日も王妃の秘密を守るため、神経をすり減らすのであった。

2

ヒューゴを王妃の私室から丁寧に追い出し、グレースを着替えさせて礼拝に送り出す。戻ってきたら朝食の給仕をしてようやくカレンの食事の時間になる。ちなみに王妃の愛玩動物(ペット)であるトン・ブーは、王妃より先に食事をすませ、すでに食休みをしていた。

（……このブタ、本当に自由気ままね……）

ベッドシーツを替えたいのに、カレンの倍以上あるブタがベッドを占拠し手が出せない。

「ああ、残念だわ。トン・ブーが寝てるんじゃ散歩に連れていってあげられない」

わざとらしく溜息をつくと、ピンクの耳がピクッと揺れた。トン・ブーは顔を上げるなりベッドから下り、私物入れから赤い胴輪を引っぱり出す。そのすきにカレンは素早くベッドシーツを取り替えてキラキラの目で待機するトン・ブーの前を素早く通りすぎた。

「私としたことが、トン・ブーの散歩の時間を間違えていたわ。グレース様に届いた封書を確認して、マナー教室を受けて、そういえば今日は来客がいくつか……ぎゃっ」

人語を解するブタだから、忙しさを強調すれば配慮してくれるかと思ったら考えが甘かった。あろうことかこのブタ、前脚で絨毯(じゅうたん)を激しく叩(たた)いて怒りをアピールし、猛然と突進してきた。

「連れていかないとは言ってないじゃない！　だいたい、あなたに用意されてるのは竹で編んだペット用のベッドでしょ⁉　私のベッドで寝ているあなたが悪いのよ！」

同僚のブタに追いかけ回され、カレンは悲鳴とともに隣室——王妃の寝室へと逃げる。だが、当然のようにトン・ブーも赤い胴輪を咥えて追ってきた。

目がマジだ。

「ぎゃー‼」

シーツをかかえたまま寝室を突っ切って応接室に飛び込むと、窓際で刺繍を刺していたグレースが呆れ顔をカレンに向けた。われに返って足を止め、侍女らしくしとやかにスカートをつまんで軽く一礼した。

「失礼いたしました、グレースさ、ぎゃ！」

背中に圧がかかってカレンは絨毯を転がった。運が悪いことにシーツが体に絡まって、簀巻き状態でトン・ブーに鼻先でぐいぐい押され、あっという間に反対側の壁に押しやられた。

「意地悪をするからよ」

「違います。私が意地悪をされているんで……ぎゃー‼　なにするの⁉」

トン・ブーが口を開く。あら今日も血色がよくておいしそう——なんて思ったら、いきなり噛みついてきた。慌ててよけたら耳に風があたった。口の開閉だけで風が起こるらしい。

「待ちなさい！　私がいなくなったら誰があなたの散歩に付き合うのよ⁉」

トン・ブーは横を向いて「ちっ」と舌打ちし、シーツの端を咥えて乱暴に引っぱる。カレンは一瞬宙に浮き、そのまま壁に激突した。

「ぐあっ」

「トン・ブー、もうやめなさい。壁が汚れるわ」

グレースが止めると、トン・ブーが渋々と後退する。

鼻を押さえて立ち上がるカレンを見て、グレースが我慢できないというように吹き出した。

驚くカレンに慌てて顔をそむけるが、よほど面白かったのか肩が小刻みに震えている。

（ま……まあ、グレース様が笑ってらっしゃるからよしとしよう）

カレンはシーツを集め、ついっと横を向くトン・ブーを睨（にら）んでからドアに向かう。ちょうどノックの音がして下級侍女がシーツの回収に来てくれた。受章後の変化はさまざまにあるが、こうして洗い物を取りに来てくれるのもそのうちの一つだった。

「お預かりいたします」

熱のこもった眼差しで微笑（ほほえ）んでくる下級侍女にカレンは内心で困惑する。背後には封書が大量にのった木箱を持つ侍女も控えていた。

「王妃様宛（あて）の書状になります」

カレンを見て顔を赤らめつつ木箱を差し出してきた。

よほど複雑な顔をしていたのだろう。グレースのもとに戻ると「気にすることはないわ」と声をかけられてしまった。

「下級侍女が花章を受けるのは異例中の異例。市中に毒入りの酒が蔓延するのを防ぎ、後遺症に効果のある薬の開発にも尽力したのだから憧れられているのよ」

「――ですが、倉庫街の一角が燃えています。放火は重罪です」

「人命と物損、どちらが重要かわかっているでしょう？　ヒューゴ様もあなたが倉庫を焼き払ったのは〝英断〟だと明言されたのよ。彼の判断まで否定する気？」

「め、滅相もございません」

狼狽えるカレンにグレースはうなずき、封書に視線を落としてかすかに眉をひそめた。グレースは嫁いでから一度も舞踏会を主催したことがない。そんな彼女と親しくなろうと、貴族からお茶会や夜会、舞踏会の誘いが届くのは珍しくなかったが、ここ最近は招待状の中に謎の封書が大量に交じるようになっていた。

「お断りの手紙とお詫びのお花は私が……」

「――いいわ。私がやるから、ペンとインクを」

カレンは戸惑いながらも命じられるまま寝室に向かい、ペンとともに便せんや封筒、蝋、印璽などを収めた箱をグレースの元に運んだ。

「トン・ブーを散歩に連れていってあげなさい」

「……かしこまりました」

待ってましたと言わんばかりに赤い胴輪を床に置き、トン・ブーがプンプンとしっぽをふる。

どうして手伝わせてくれないのか疑問に思うものの、貴人への質問はマナーとして禁止されているのでおとなしく引き下がった。

トン・ブーの胴輪をつけ、カレンは一礼する。

「いってまいります」

王妃の私室を出ると、ドアを守る近衛兵がカレンに目礼した。

「トン・ブーの散歩に行ってきます。グレース様をよろしくお願いします」

「かしこまりました。お気をつけて」

近衛兵に見送られ、カレンはしずしずと廊下を歩く。人目がなくなった直後、ふいに紐が引っぱられて体が大きく傾いた。

「ちょ、トン・ブー！　急に走らないで！」

悲鳴をあげるカレンを無視し、トン・ブーが廊下を疾走する。

前方に人影がある。

カレンがとっさに紐を引くとトン・ブーが巨体に似合わない俊敏さで減速し、道を譲る上級侍女の前をつんっと鼻を持ち上げてすたすたと通りすぎた。

（ほ……本当に、この子、ブタなの……!?）

廊下の角を曲がるとトン・ブーが再び全力疾走をはじめた。恐ろしいことにこのブタ、階段を下りるときも一切減速しないのだ。

「あなたは偶蹄目なのよ!?　いい加減、私に配慮しなさい――!!」

散歩を全力で楽しむブタに、カレンは毎度毎度命がけだ。外に出るともうトン・ブーの天下で――建物内でも天下だが――植えたばかりとおぼしき花壇の花を次々と食い荒らしていく。舞い散る花びらにカレンが青くなって紐を引くが、まったく動じなかった。

「部屋に帰ったらおやつをあげるから花を食べるのはやめなさい！　昆虫もだめ！　花木は食べ物じゃないわ！」

とりあえずなんでも口に入れたがるトン・ブーに、カレンは悲鳴をあげる。興味が失せるとすぐ別の場所に移動してまた荒らすので、そのたびに紐を引いてはブタを諭す羽目になる。

「あら、カレン。声が聞こえると思ったら、散歩中ですの？」

花畑に顔を突っ込むトン・ブーの蛮行に絶叫していたら柔らかな声が聞こえてきた。はっと顔を上げると、明るい金髪を風になびかせ、男なら誰もが振り返るに違いない豊かな胸と見事なくびれを強調するドレスをまとった美人が微笑みながら近づいてきた。

ヒューゴの元許婚、ヴィクトリア・ディア・レッティア嬢である。淡い水色の瞳が楽しげにカレンとトン・ブーを見ている。

「ヴィクトリア様、危険です！　近づいてはなりません！　このブタ、鬼畜です!!」

ヴィクトリアの侍女を追いかけ回していたのだから、当然、ヴィクトリアにも同じ行動を取るはず――用心してカレンが訴えると、トン・ブーが花壇から顔を上げた。

素早く体の向きを変える。ヴィクトリアではなく、カレンに向けて。

「え？」

そして〝鬼畜〟は、カレンに向かって突進してきた。

「ぎゃー!!　どうして私⁉」

「あらあら、楽しそうですわね」

扇を広げて笑うヴィクトリアの前でカレンは右往左往する。鬼畜と言ったことへの報復だと気づいたが、トン・ブーの軽やかな突進から逃げるのに精一杯で言い訳もできない。

「かわいいうえに機敏だなんて、素晴らしいですわね」

ぴたりと止まったトン・ブーが、しっぽをぶんぶんふりながら褒めてくれたヴィクトリアに近づいていく。

（こ、こ、このブタ……!!）

ヴィクトリアに頭を撫でられ、トン・ブーがご機嫌になる。ヴィクトリアがグレースに会いに来るときはだいたい寝ているので一人と一匹は初対面だが、どうやら気が合うらしい。

カレンは驚愕の眼差しでトン・ブーを見つめた。

「ロザリアーナは凶暴だなんて言ってわたくしを怖がらせたけれど、こんなにかわいい子でしたら、もっと早くにお会いしたかったわ」

（あ……ああ、ご愁傷様。今度会ったらロザリアーナはいきなり追いかけ回されるわね）

トン・ブーの耳がぴくりと動くのを見て、カレンはヴィクトリアの侍女を見舞う不幸にそっと涙をぬぐった。ヴィクトリアにせがまれて迷いつつ紐を渡すと、彼女を味方と考えたらしいトン・ブーは、きびきびと歩き出し、気まぐれに花壇の中に顔を突っ込んだ。

花壇を荒らすトン・ブーに溜息をついたカレンは、ヴィクトリアが持つ袋に目をやった。

「ヴィクトリア様、なにか急用で登城されたのでは？」

心配になって尋ねるとヴィクトリアが微笑んだ。百人の男がいたら百人全員が虜になるであろう魅力的な笑顔だ。

「今日はカレンに会いに来たのですわ」

ヴィクトリアが紙袋をカレンに手渡す。うながされて中を覗き込んだカレンは、カッと目を見開いた。

(こ、これは〝緑の小鳥亭〟の小鳥クッキー!?)

叫びそうになるのをこらえてヴィクトリアを見ると、彼女は扇をひるがえした。

「ふふふ。ようやく手に入れましたの。――二人きりなのだから気安く話してもよろしくてよ、カレン。わたくしたちは親友なのですから」

カレンは目をぎらつかせて前のめりになった。

「一日限定五十個！　ジョン・スミスの最新刊『この愛の果て』でバーバラとアンソニーが食べたという小鳥クッキー！　かわいすぎてバーバラが食べるのを躊躇った銘菓では!?」

思わず袋ごとかかげると、ヴィクトリアも誇らしげにうなずいた。

「ええ、まさにそのクッキーですのよ！」

「ですがこのクッキー、熱狂する乙女たちが店に押しかけ、入手はかなり困難と聞きました。徹夜で並ばない限りは買えないと……は!?　まさか、ヴィクトリア様……」

「ええ、並びましてよ！　変装して！」

レッティア家は公爵家で序列もかなり高い。そのうえ王の遠戚でもあり、彼女自身も王の元許婚――俗物的な書物は本来なら彼女のような高貴な女性が読むべきものではない。が、彼女は〝一般教養〟としてジョン・スミスの著書を愛読し、今ではカレンのよき読友である。

「へ、変装までして小鳥クッキーを……!!　さすがです、ヴィクトリア様！」

褒めたたえるカレンに、ヴィクトリアは豊かな胸を誇らしげに張ってみせる。第三者が周りにいたらドン引きだが、幸い窘める者は周りにいない。代わりに聡いブタだけが「なんだこいつら」という目でカレンたちを見ている。

「今日はわたくし、カレンと一緒にお茶がしたくて来たのですわ」

「ヴィクトリア様……!!」

読友とひしっと抱き合っていると、偶然通りかかった庭師が花壇にぎょっとしたあと、抱き合う王の元許婚と王妃の侍女にさらにぎょっとし、そそくさと離れていった。

「こほん。では、散歩の続きをいたしましょうか」

「で、ですね」

盛り上がりすぎた二人は、われに返るなりいそいそと散歩を終わらせた。

カレンはトン・ブーをヴィクトリアに任せ、厨房でお茶をもらうと王妃の私室へと戻った。

王の元許婚と王妃は、互いに向き合ったまま椅子に腰かけ、奇妙な顔で押し黙っていた。

否。元許婚はどこか面白そうに、王妃はどこか不機嫌そうに、という表現が正しい。

「……お茶をお淹れしてもよろしいでしょうか?」

なにがあったのかと戸惑いつつもカレンは尋ねる。大量に届いた手紙への返事は挫折したらしく、箱ごと棚の上に放置されていた。

「ええ、淹れてちょうだい」

グレースに言われ、カレンは耳障りな音をたてないよう丁寧にお茶の準備をする。

「――本当に、美しい所作だこと」

聞こえてきたのはヴィクトリアの声だ。カレンは手を止め「恐れ入ります」と目礼し、カップに茶をそそぐ。立ちのぼる豊かな香りに思わず漏れそうになる溜息をこらえ、それぞれの前にカップを置く。

「カレンも座りなさいな」

ヴィクトリアに誘われ、カレンはちらりとグレースに視線を投げる。うなずく主人を見て、「失礼いたします」と断ってから椅子に腰かけた。

「堅苦しい礼儀作法はなしですわ。せっかくのお茶会ですもの」

ヴィクトリアはそう言って紙袋から金色に輝く箱を取り出す。小物入れとしても使える愛らしい箱を開けると、本にあった通り、愛くるしい小鳥のクッキーが出てきた。

カレンは興奮のあまり小鳥クッキーを高らかとかかげた。

「グレース様、ご覧ください！　これが小鳥クッキーです！　バーバラが夢中になった最強のクッキー！　つぶらな瞳にぷっくりとした頬！　この焼き加減！　まさに至極!!　聖典であるバーバラとアンソニーシリーズに出てきたということは、つまり神であるジョン・スミスがお選びになった神の鳥なんです！　食べるなんてとんでもない！」

「たかがクッキーじゃない」

愛くるしい小鳥クッキーを指でつまむと、グレースがぱくんと口の中に放り込んだ。

「きゃあ！　カレン、ご覧なさい！　グレース様が神の鳥をお食べになったわ！」

「ひどいです、グレース様！　一口でいくなんて!!」

「頭から囓(かじ)ればいいの？」

もう一枚小鳥クッキーを指でつまみ、今度は頭だけ噛み砕いた。

「あああああ！　なんて残酷な！」

カレンはヴィクトリアと手に手を取って嘆いた。グレースは構わずさくさくとクッキーを咀嚼(そしゃく)する。

「ただのクッキーでしょう。それにこのクッキーは、ヒューゴ様が以前買ってくださったから、もう食べたことがあるわ」

「そうなんですの？」

「ええ。ヒューゴ様は、そういうのはよくご存じみたいよ」

驚くヴィクトリアにグレースはあっさりとうなずく。知っていて当然だ。むしろ知らないわけがない。カレンは一人、複雑な心境でカップに手を伸ばす。

「ジョン・スミスの本には、お菓子がよく出てくるんですのよ。有名なお店も多いけれど、無名のお店も多いんですの。作者はきっと、お菓子好きの愛らしい女性なのでしょうね」

ごふっと喉が鳴り、カレンは激しくむせた。

「カレン？　大丈夫？」

グレースに問われてカレンは咳き込みながら「大丈夫です」と返した。

（い、言えない!!　世の乙女たちを虜にしているジョン・スミスの正体が、まさか……）

「案外、むさ苦しい男かもしれないわよ。ジョン・スミスって、男の人の名前でしょう」

動揺に息も絶え絶えになりながらお茶を口に含んだカレンは、グレースの言葉に再びむせた。

「カレン」

「だ、大丈夫です、大丈夫です……っ」

「もう、カレンったら……お茶は急いで飲まなくてもいいんですのよ」

ヴィクトリアは笑ってからグレースへと視線を戻した。

「グレース様、ペンネームで誤魔化されてはだめですわよ。貴族社会を題材にしていますが、ジョン・スミスの著書は少々夢見がちな展開が多いのも特徴です。つまり、作者は貴族社会に憧れる平民の若い娘ですわ！」

カレンの背中をさすりながらヴィクトリアが断言する。

グレースの憶測も、ヴィクトリアの憶測も、どちらもある意味間違いではない。ときどきむさ苦しくなる男が、他人になりきって書いた妄想小説――それが〝ジョン・スミス〟の書いたバーバラとアンソニーの物語の原型だ。

だからどちらの憶測も、〝正解〟なのだ。

「カレン、落ち着いた？」

グレースに訊かれてうなずこうとしたらドアが開き、現れた男を見てカレンは再び噎せ返った。カレンが聖典とあがめ、生きる糧とまで崇拝している本の著者〝ジョン・スミス〟その人が、大股で部屋に入ってきたのだから。

「……どうかしたのか？」

息も絶え絶えのカレンを介抱するグレースとヴィクトリアを見て、〝神〟は心底困惑したように尋ねてきた。

「じ、持病の癪です。気にしないでください」

カレンが答えた直後、寝室へと続くドアが開いて勢いよくトン・ブーが飛び出し、〝神〟こ
とヒューゴ・ラ・ローバーツに突進した。

「今日はまた一段とうまそうだな！」

トン・ブーがちっともヒューゴに懐かないのは、食材として見ているからだろう。

（さすが、神……じゃない、陛下）

うっかり神なんて呼んだら、グレースたちが変な目で見てくるに違いない。

覆面作家であるジョン・スミスの正体を知るのはごく一部――人々を熱狂させる神は、小人
豚をがっちりと捕縛して上機嫌に笑っているこの国の王なのだ。

国王であり作家であるヒューゴ、王妃でありながら男であるグレース。そして、カレンもま
た、ある秘密を持っている。

「ヒューゴ様は職務中なのでは？」

「休憩時間だ。茶菓子でもと――なんだ、もうあるのか」

ヒューゴがテーブルの上を見て残念そうな顔になる。カレンは驚愕した。

「へ、陛下も限定五十個の小鳥クッキーを……⁉」

「ああ。ミック・オリヴァーに買いに行くよう頼んでおいた」

（こ、この人、第一近衛兵団団長にお使いを命じたの⁉）

若き精鋭が女子に交じってクッキーを買うために列に並ぶ――職権乱用だ。シュールすぎて

言葉もない。テーブルの上に置かれた容器は、ヴィクトリアが持ってきたものと同じだった。

「妹に頼んだらいやがったから弟に買いに行かせたと言っていた」

どのみちひどいじゃないか、とは思ったが、カレンは突っ込むのをこらえた。

ヒューゴはちらりとヴィクトリアを見たあとグレースに視線を移す。

「仲良くしているわよ？」

「そのようだな」

グレースの言葉にヒューゴはうなずく。ヴィクトリアはグレースが男だと知る数少ない人間だ。秘密保持のためヴィクトリアを修道院に入れようとするヒューゴをカレンが説き伏せ、今も無事に〝親友〟という立ち位置で暮らしている。

（まあ、ヴィクトリア様は陛下とグレース様が熱烈に愛し合ってると勘違いして、そんな二人を見守りたいって邪(ヨコシマ)に縦縞(タテジマ)まで加わった真っ黒な気持ちでいらっしゃるわけだけど）

仲睦(むつ)まじい姿が見られるのかと、ヴィクトリアの瞳がキラッキラだ。正直、ここら辺の感性はカレンにはついていけない類(たぐい)のものだった。

「じゃあ俺も――」

ヒューゴが言い終わらぬうちにドアが激しくノックされた。

「陛下！　申し上げます!!　緊急事態です！」

近衛兵の声だ。声はそのまま続けた。

「宰相閣下が倒れました！」

3

レオネル・クルス・クレスは建国以来宰相を務めるという名門クレス家に生を受け、前宰相である兄が失踪してから今日まで、王の右腕としてラ・フォーラス王国をまとめ上げてきた男だ。際だった功績はないものの実直で手堅い政策を打ち出すため、彼を支持する貴族は多いという。

ちなみに彼は神経質だ。ついでに胃痛持ちで、だいたいいつも顔色が悪い。

意外と倒れることは少ないが、廊下の隅でうずくまっている目撃証言が多数——そしてこの度、久しぶりに執務室で倒れたらしい。

「書類をまとめ終わった直後、胃が痛いとうずくまってそのまま……っ」

「そのまま？」

先をうながすヒューゴの腕からトン・ブーが逃れ、壁際まで避難すると鼻息荒く威嚇しはじめた。王妃の愛玩動物が凶暴だと熟知している近衛兵はいっそう青ざめたあと、紙束をヒューゴに差し出しながら言葉を続けた。

「爆睡しています。こちらは財務省室から預かった書類になります」

「そ……そうか」

　ヒューゴが書類束を受け取りつつ口ごもる。もうちょっともったいぶらずに報告できないのかと、その横顔が訴えている。

「人員補充が間に合わなかったのか？」

「扱う書類に機密事項が多く、部外者を入れるのもはばかられる状態だと言っていました。頻繁にカレンさんが来てくれたので、予定より早く通常業務に戻れそうだと」

　レオネルの無事を知って胸を撫で下ろしたカレンは、近衛兵の言葉に背筋を伸ばした。

「このまま財務省に勤務してほしいそうです。官長クラスの椅子を用意するとか」

「だめよ。カレンは私の侍女なのだから」

　グレースがとっさにカレンの腕をつかむ。ちょっと複雑な顔をしたヒューゴが近衛兵へと視線を戻す。

「それで、レオネルは今どこに？」

「一度健康状態を診(み)る必要があると医務室に運ばれました」

「そうか。財務省室には、ねぎらいの言葉と、今日は休むよう伝えておいてくれ」

「かしこまりました」

　ヒューゴの言葉に近衛兵は大きくうなずいた。この気安さが彼の魅力なのだろう。こっそり市井(しせい)に出る王は、統治者というより見回りのついでに野菜の収穫を手伝うような田舎の領主という印象が強い。

(医務室か……な、なんか、心配だなあ。大丈夫かなあ)

「医務室に行ってみるか?」

閉じたドアを見て悶々としていると、警戒をあらわに後退していくトン・ブーを部屋の隅へ追い詰めたヒューゴがそう尋ねてきた。

「そうですね。レオネルの様子も気になることですし」

「ヒューゴ様もグレース様も、臣下思いなのですわね」

感激するヴィクトリアにヒューゴは「まあな」と言葉を濁し、カレンを手招いた。素直にしたがうわけにもいかず、カレンはちらりとグレースに指示を仰ぐ。

「行きましょう」

グレースが立ち上がるのを見て、カレンはほっと息をついた。


王城の医務室は、軽度の患者用と重度の患者用、そして、王侯貴族専用の特別室の三種類が存在している。レオネルは王家の紋章を身につけることを許されたクレス家の人間だ。ヒューゴの案内で、カレンははじめて特別室へと向かった。

ノックとともに医務室のドアを開けると、ベッドの脇に宮廷医長ダドリー・ダレルがいた。

瘦身という点ではレオネルといい勝負のこの男、とにもかくにも趣味がズレている。今日も医療用の研ぎ澄まされた刃物を手に、今まさにレオネルを切りつける寸前だった。

「な、なにをしてるんですか、あなたは！」

カレンは悲鳴をあげるなり医務室へ飛び込んだ。

「お前は、完璧な骨格を持ち、申し分ない栄養状態、手本となる筋肉量、成人男性並みの肺活量、理想とする血液成分を持つ百年に一人の逸材、カレン・アンダーソンじゃないか！　献体か!?　筋繊維の提出か!?　眼球一つなくなっても慣れれば生活に支障はない。肺も腎臓も受付中だ。脳は少し欠損しても別の場所が補うから採取にはおすすめだぞ！」

相変わらず手放しで褒めてくれるのに微塵も嬉しくない。しかもアピールの仕方がいつもながら気持ち悪い。

「提出の予定も献体の予定もありません。それより今、宰相さんになにをしようとしていたんですか？」

「――ああ。調べた結果、ただの過労だとわかったので筋繊維の回収を」

「必要のない医療行為は禁止です」

「なにを言う。医療の発展のためにはあらゆるサンプルが必要なんだ。だから献体を」

「他をあたってください」

「そうか、残念だ」

あっさり引き下がってほっとしたが、あっさりすぎてなんとなく引っかかる。彼なら治療代の代わりに指を何本か請求しそうなのに。

「宰相閣下は無事だ。陛下も、ご心配には及びません。安心して私にお任せください」

ヒューゴに声をかける宮廷医長に、ざわっと鳥肌が立った。本能的に危険を察知してヒューゴを見ると彼の目も据わっていた。どうやら彼もなにか察したらしい。

「……ダドリー、レオネルは宰相だ」

「存じ上げております」

「まだ生きている」

「実に新鮮です」

宮廷医長の声が弾む。カレンはよろめき、グレースは青ざめた。状況を理解していないヴィクトリアだけがきょとんと立ち尽くしている。

(こ、この人やる気だわ……!!)

「レオネルは働きづめでしたし、これを機にどこかで静養させてはいかがですか?」

グレースが意見すると「そうだな」とヒューゴがうなずいた。そんなやりとりを見て、宮廷医長は顔をそむけて小さく舌打ちした。

(やっぱり解体する気だった——!!)

健康体だけが標的かと思ったら、どうやらそれ以外も幅広く集めているらしい。このままレ

オネルを医務室に預けたら、明日には瓶詰めになっているかもしれない。

「しばらく実家に帰すか」

思案するヒューゴに、宮廷医長が絶望の眼差しでレオネルを見る。せめて筋繊維くらいは、そう思っているのが横顔からも読み取れてしまうのが恐ろしい。

「レオネル様の実家があるのはティエタ大平原ですわね。どこまでも続く草原が有名で、大変のどかなところですわ。きっと素晴らしい療養先になるでしょう」

状況を理解していないヴィクトリアがヒューゴの提案に笑顔で賛同する。

（ティエタ大平原って、巻き毛牛の牧場があるところじゃない！）

巻き毛牛はカレンの故郷であるタナン村特産の最高級食材だ。だが、高級すぎて近隣では売れず日の目を見なかった牛でもある。今は子牛を四十万ルクレで家畜商に売って、ティエタ大平原で育て王都に出荷することで市場を拡大し、舌の肥えた貴族たちに定着した。

（ティエタには腕のいい獣医がいるって噂なのよね。だから肥育地候補にしたんだけど）

まさかそこにレオネルの実家があるとは――カレンは思わぬ偶然に胸を高鳴らせる。自然が豊かと聞くと、故郷を思い出して浮かれてしまうのだ。レオネルの静養地としては完璧だ。

ほくほくしているとノックが響いた。現れたのは近衛兵だった。

（あ、小鳥クッキーの人だ）

弟を女性の群れの中に送り出した近衛兵長がヒューゴに一礼する。

「休憩中に失礼します。先ほどリュクタルから使者があり、カシャ・アグラハム皇子殿下が歴訪するとの連絡がありました。皇子殿下が陛下との謁見を希望しています」

「――リュクタル？　南洋の大国か。そういえば、ヴィクトリアが留学した国の中にリュクタルがあったな。……ヴィクトリア？」

ヒューゴに声をかけられてもヴィクトリアは微動だにしなかった。否、青ざめてぶるぶると震えていたのだ。

「リュクタルの、カシャ・アグラハム……!!」

両手を頬に押しあてて、悲鳴をあげる直前の顔で皇子の名を繰り返す。

「あの放蕩皇子が来るんですの!?　あの色ボケ皇子が！　あの空気読まないトンでも皇子が！」

「――その、放蕩で色ボケでトンでも皇子は、今では皇太子候補らしいです」

ひどい評価だが、近衛兵長は否定するどころかぼそりと告げる。とたんにヴィクトリアはよろめいた。慌ててカレンが支えると、彼女ははっと息を呑んでからカレンの手をつかんだ。

「そうですわ。わたくし、いいことを思いつきましたわ」

目がギラギラだ。

「宰相だけでは心細いでしょう。カレン、わたくしとともに静養地に同行しましょう！」

「なぜカレンが同行する必要が……」

「グレース様も同行しましょう！　ヒューゴ様、構いませんわね!?」

いきなり話をふられ、さすがのヒューゴも動転したらしく口ごもった。だが、すぐに「そうだな」とうなずいた。

ヴィクトリアの言葉から、ヒューゴがこう判断したのは誰の目から見ても明らかだった。

間違いなくヤバいやつが来る。

と。だからヴィクトリアの提案にのって、事前に手を打つことにした。

――もっとも、翌日には徒労とわかるのだが。

4

ティエタ大平原は見渡す限りの牧草地だ。

山間部でできた雲が定期的に雨を運ぶので川や池、湿地も多く、なだらかな丘陵の向こうにぽつぽつと森が見え、優雅に牧草を食む牛や羊の群れ、さらに山羊の群れもいた。

(タナン村と全然違う――!!)

自然豊かと聞いて故郷をイメージしていたが、ティエタ大平原のほうが格段にのどかだ。なにせ民家がまったくない。小屋すらない。当然人影もない。近くに農地もないようだ。

「……びっくりするほどなにもないわね」

　グレースの感想も単刀直入だ。しかしカレンは興奮していた。

「こ、この光景……!!」

「ええ、この光景ですわね！」

　カレンが窓に張り付いて外を眺めていると、ヴィクトリアが反対の窓に張り付いた。

「バーバラがはじめて乗馬を体験した大平原！　聖地ですね！」

「まさしくその通りですわ。落馬しかけたバーバラをアンソニーが助けるあの場面です！」

「それは小説の中の話でしょう」

　声を弾ませるバラアン信奉者を遠い目で見つめながらグレースがぼそりと言葉を吐き出す。が、興奮しすぎて耳に入らなかった。

「ヴィクトリア様！　ご覧ください、見事に枝を伸ばす木を！」

「まあ、あればバーバラが恋心を自覚した運命の木ではありませんの!?　聖地ですわね！」

「だからそれは架空の話でしょう。そもそもあんな木、どこにでもあるわ」

「きっとこの近くにある川で水遊びをしたに違いありません！　聖地はどこでしょう!?」

「その聖地で、さらされた白い足を見てアンソニーがどぎまぎしたのですわね！　はしたないと窘めながらも、そんな言い方をしてしまったことに自己嫌悪に陥る名シーン！」

「あとで聖地巡礼でもするといいわ」

　グレースの言葉にカレンとヴィクトリアは同時にうなずいた。

「もちろんです！」

「楽しみですわ!!」

「……カレンが二人に増えたみたいね」

ふうっとグレースが溜息をつく。

ちなみに、馬車に乗っているのはグレースとヴィクトリア、カレンの三人で、レオネルは副宮廷医と別の馬車でついてきている。それ以外にドレスや日常品をのせた荷馬車が三台、護衛が十騎同伴している。クレス家には早馬で来訪を告げ、しばらく滞在させてもらう予定だ。ヴィクトリアの侍女は彼女の荷物とともにあとから合流する手筈になっていた。

「それにしても、ヒューゴ様がご一緒できなかったのは残念ですわね」

ヴィクトリアが溜息をつくのを見てカレンはぎくりとした。もしかしたら一緒に旅行に行けるかも、なんて、とんでもないことを考えてしまった自分に狼狽える。

（へ、陛下がそんなに暇なわけないでしょ！）

「――仕事の進捗具合によっては来れなくもないと思うわ。遠征で長く城をあけても問題ないくらいには、行政が健全に機能しているのだから」

「そうですのよね。本来、王が城をあける場合は王妃が留守を預かるもの。ですが、婚礼のあとお二人ともが不在でも、王城に大きな混乱はありませんでしたもの」

「〝姉上様〟が今まで通り取り仕切ってくださっているから」

グレースが扇を広げて口元を隠しながらぽそりと答えると、ヴィクトリアが難しげに眉をひそめた。

「――わたくし、あまり感心いたしませんわ。確かにマデリーン様は聡明なお方ですけれど、ヒューゴ様がご結婚されてからも政務に口出しをされるのは」

「〝姉上様〟が男だったら、明主になられただろうと噂なのだそうね」

グレースの言葉にヴィクトリアは不満げに唇を尖らせた。

「それこそヒューゴ様へのあてつけですわ。ありもしない妄想を現実と比べるなんて」

ここら辺の話はカレンにはよくわからない。もっとも、もし自分に子どもができなければ姉の子を次期王にとヒューゴが考えるくらいには関係は良好なのだ。にもかかわらず、なぜこうもギスギスするのか――。

（派閥があるのは理解できるけど、派閥自体が多すぎて把握できないし）

ヒューゴの姉であるマデリーンにはまだ会ったことがない。基本的に彼女は息子たちとともに離宮で暮らしていて、滅多に登城しないからだ。ヒューゴに似て、かなり個性的な美人だと聞いてはいるのだが。

つらつら考えていると馬車が停まり「到着しました」と御者台から声がした。

御者が用意したステップに不備がないか確認しつつ馬車を降りたカレンは、目の前にそびえる古い建物にぎょっとした。石壁をおおう大量の蔦で廃墟にしか見えなかったのだ。今まで見てきた屋敷は高い塀で囲まれ、大なり小なり手入れされた庭があったが、この廃屋には庭もなければ囲いもなく、近くに森と花畑があるだけだった。

規模自体は〝貴族の邸宅〟なのに、仕様がどう見ても平民の住居である。

屋敷の前には使用人たちが一列に並び、来客を出迎えていた。

もっとも目立っていたのは、玄関ドアの前に立つ驚くほど体格のいい男だった。広くがっちりとした肩に厚い胸、ぐっと握られた拳は節くれだって大きく、領主というより騎士の貫禄だった。後ろに撫でつけた髪は白く、整えられた口髭にも白いものが交じっている。全体的に彫りが深い容貌だが、なにより印象的なのは野生の獣を思わせる灰色の目だった。

じろりと睨まれ警戒に足を止めたカレンは、すぐに平静を取り戻し、一礼したあと馬車の脇によけて両手をお腹の前で重ねて目を伏せた。

ゆっくりとした足取りで馬車から出てきたのはグレースである。緊張気味に出迎える使用人たちの空気が急にピリピリしだしたのが伝わってきた。

(さ、さすが、宰相家の使用人!)

王妃が来たぞ、村を挙げて歓待だ――!! なんて盛り上がっていた地方とは違い、粛々と出迎えている。可憐な王妃が美しく一礼するときですら彼らの表情は硬いままだった。

「突然の訪問に許可をいただきありがとうございます。ギルバート様には婚礼の儀で一度お会いいたしましたね」

　グレースが話しかけたのは玄関ドアの前に立つ男だ。灰色の目がわずかに笑みの形になった。

「遠路はるばるよくお越しくださいました。この度は愚息がご迷惑をおかけし……」

「横領事件の全容を把握できたのはレオネル殿の功績です。陛下もレオネル殿をねぎらい、静養をとおっしゃっていました」

「しかし、そもそもが愚息の監督不行き届きで起こったこと。自業自得です」

　屋敷の主は厳しい口調で告げる。この状況ではヴィクトリアが馬車から降りられず、静養に来たレオネルが窮屈な馬車の中で哀れすぎる。カレンはそっと息を吐き出して口を開いた。

「一言よろしいでしょうか」

　グレースが視線を投げてくるのを見て一礼した。

「王妃様は慣れない馬車の旅でお疲れです。出過ぎたお願いかと思いますが、お茶をいただけると嬉しいです」

「――これは失礼した」

　灰色の目の老人――ギルバート・クルス・クレスが咳払いして表情をゆるめた。息子への怒りを即座に引っ込めて優雅に一礼する。

「歓迎いたします、王妃殿下。――それから大胆な侍女殿」

　カレンに向ける眼光が鋭くなった。生意気な侍女だと思われたに違いない。動揺を殺してそっと目を伏せると、扇で口元を隠したグレースが微笑みながら目配せしてきた。

「顔合わせは上出来よ」

上機嫌で褒めてくれたが、どう考えても失敗だ。カレンが一人黄昏れていると、ひょこりとヴィクトリアが顔を出し、軽やかに馬車から降りた。

「ギルバートおじさま、お久しぶりですわ！」

険しかったギルバートの顔から一瞬で険が消えた。

「これはこれはヴィクトリア様。見違えるほどお美しくなられて」

「まあ、お上手ですこと」

前々宰相と王の元許婚が親しげに再会のあいさつを交わす。

ギルバートにとって、グレースはヴィクトリアから許婚を奪った娘で、カレンはその侍女ということになる。使用人たちの硬い表情からも歓迎されていないのは一目瞭然だった。

疎外感からか、グレースは押し黙ったまま立ち尽くしていた。


古い屋敷は丁寧に手入れされ、調度品もいいものばかりが取りそろえられていた。通された客間も広く落ち着いた雰囲気で、カレンは荷ほどきを忘れて見入っていた。

（このテーブルは百年杉で作られた希少品!?　ベッドも装飾がかわいらしい！　シーツは絹よね!?　絨毯の模様も主張しすぎないところが奥ゆかしくて素敵。この屋敷って、もしかしなくてもアンソニーが生まれた屋敷のモデルなんじゃ……!!）

「……カレン、口に出して言ってもいいのよ？」

「し、失礼いたしました」

グレースに指摘されてわれに返る。感動のあまり、両手を広げてあわあわと歩き回っていたらしい。天蓋付きのベッドが置かれた客室には衣装部屋と使用人部屋がついており、使用人部屋には収納棚や化粧台、姿見、小さな机と椅子、簡素だが質のいいベッドが置かれていた。

宰相家の使用人にお茶を頼み、届くあいだに荷ほどきをしていると、窓辺に立ったグレースが外を眺めて顔をしかめた。

「本当になにもないところね」

「日向ぼっこをするには最高の環境かと」

ほくほくするカレンに、グレースがきょとんとしてから小さく笑った。

しばらくすると、ノックとともにメイド服の使用人がポットとカップをトレイにのせて現れた。侍女の後ろにはヴィクトリアがいる。

「グレース様、お茶をご一緒してもよろしくて？」

「ええ」

グレースがうなずくのを見て、侍女がテーブルにカップを置いていく。

侍女の所作は手本のように美しい。さすが宰相家の侍女だ。気品と正確さが違和感なく同居している。感心して見入っていると、しとやかに一礼した侍女が口を開いた。

「私は皆様のお世話を仰せつかった副侍女長のエリザベータ・トワレと申します。晩餐は六時、晩餐前に入浴をご希望でございましたら、四時から可能なのでお申し付けください。各種設備のご案内は本日にいたしますか。それとも明日がよろしいでしょうか？」

「明日お願いするわ」

「かしこまりました」

手短な説明は、グレースが疲れていると伝えたための配慮だろう。どう見ても二十代なのに〝副侍女長〟として貴人の接待を任されるだけある。

(それになにより名前よ、名前！　エリザベータ！)

姉の名が〝エリザ〟で、そのうえ姉と年齢が近いため親近感が湧く。姉は今、故郷で子育てに奮闘している。手紙で近況をやりとりしているだけでも彼女の苦労が伝わってきた。

「呼び鈴を鳴らしていただければすぐにお伺いします。なにか必要なものはございますか？」

「大丈夫よ。下がってもらって構わないわ」

「あ、待って、エリザベータ」

グレースの横からヴィクトリアが口を挟んだ。

「今晩、こちらにお菓子とお茶を運んでくださらない？　焼き菓子を中心に、簡単につまめるものが嬉しいわ」

「……かしこまりました。晩餐のあとにお運びいたします」

エリザベータは流れるように一礼する。見惚れるほど美しい所作とともにエリザベータは部屋をあとにした。

「ヴィクトリア様、ま、まさか、夜のお茶会を開かれるおつもりですか……!?」

ドアが閉まったと同時に前のめりで問うカレンに、グレースが怪訝な目を向けた。

「それは夜会とは違うの？」

「違います！　夜会とは夜に開かれる催し物をさしますが、夜のお茶会は淑女のみが参加を許される禁断の花園！」

「カレンの言う通りですわよ、グレース様！」

すうっとグレースが目を細める。容貌は幼いが、そんな表情をすると〝美姫〟と謳われる美しさが全面に出てくる。

「――ジョン・スミスね」

「その通りですわ！」

「さすがグレース様、わかっていらっしゃる！」

「もういい加減察しくらいつくわよ」

グレースは肩を落としてカップを手に取った。用意されたお茶は二人分で、侍女であるカレンのぶんは銀のトレイにのせられたままだった。

「せっかく用意されているのだからカレンも飲みなさい」

「ありがとうございます。では、控え室にいますのでなにかあったらお呼びください」

「ここで飲みなさい。わざわざ別室に運んだら、片づけるのが手間でしょう」

（一緒に飲んでもいいって素直に言ってくださるといろいろ誤解が少なくてすむのに）

一人でお茶を飲むのは不憫（ふびん）だと思っているのに、グレースはどうしてもそれを素直に言葉にできない。だが幸い、ここにいるのは彼女が不器用だと知っている者だけだ。ヴィクトリアはうなずき、カレンを見た。

「そうですわね。用があるたびに呼びに行くのも大変ですもの。こちらでお飲みなさい」

「ありがとうございます」

カレンは自分のぶんのお茶を淹れて椅子に腰かけた。

「いい香りですわね」

「ティエタ大平原には茶畑もあるんです。牧草地として有名ですけど、気候や豊富な水源、日照時間を相対的に考えると農耕地としてもかなりの有望株なんです」

「お前はなんでも知ってるのね」

感心するグレースに、カレンは苦笑を返した。

「出荷した牛たちの肥育地の第一候補だったので、旅人や商人にいろいろ話を聞いてたんです。まさか、実際に来ることになるとは思いませんでした」

当時、十二歳になったばかりのカレンは、ここがクレス家が治める土地だなんて考えもしなかった。子牛販売が軌道にのってからは値段交渉がメインで、たまに育ちが悪い牛がいるときに相談を受けるくらいでほとんど家畜商に任せきりだった。

ヴィクトリアはカップを戻してふっと息をついた。

「エリザベータはギルバートおじさまお気に入りの侍女です。登城するとき、何度か同行させていました。わたくしたちの行動は、彼女を通してギルバートおじさまに伝わるでしょう」

「……と、申されますと」

カレンが先をうながすと、ヴィクトリアはコホンと咳払いした。

「わたくしが陛下の許婚になるよう尽力したのはギルバートおじさまです。ですから、ギルバートおじさまは王妃となられたグレース様をよく思ってはいらっしゃいません」

（……だろうなあ。出迎えたときの態度から考えると）

ヴィクトリアの言葉にカレンは内心で納得する。あの偏屈そうな年寄りは、ヴィクトリアを哀れみ、グレースを敵視しているに違いない。

「別に、そんなことは……」

「グレース様、宰相家を敵に回すのは好ましくありませんわ。いくらレオネルが味方でも、ギルバートおじさまの発言力は決して無視できません。今も彼を慕う貴族は多くいます」

言葉を切ったヴィクトリアの目がキラリと光った。

「せっかくの機会です。グレース様が誰よりも王妃にふさわしく、そして、わたくしたちがいかに親しいかをアピールいたしましょう！　名付けて、偏屈じじい懐柔作戦ですわ！」

「ひどい作戦名ね」

「ええ、ひどいですね」

「な、なんですの⁉　完璧ではございませんか⁉」

ヴィクトリアが名案を否定されて青くなる。賑やかにお茶を飲んでいると、ヴィクトリアの筆頭侍女である〝金髪〟ことロザリアーナをはじめとする五人の侍女が大荷物とともにやってきて、緊張気味にこうべを垂れた。

「王妃殿下におかれましては……」

「堅苦しいあいさつは結構よ。急な準備で疲れたでしょう。カレン、お茶を」

「いえ、そんな恐れ多い……」

ロザリアーナたちが慌てふためくのを無視し、グレースはカレンを見た。

「カレン、使用人を呼んでお茶の準備を」

ヴィクトリアの屋敷で侍女たちが取った軽率な行動を気に留めていないのだと、グレースは暗に語っているのだ。戸惑うロザリアーナにカレンはうなずき、グレースに視線を戻して微笑む。彼女は小さく咳払いして少しだけ口元をゆるめた。

そうしてますます賑やかにお茶を楽しんでいたら、あっという間に四時を過ぎた。

ヴィクトリアたちと別れたカレンは、使用人に尋ねつつ厨房に向かうと大きなタライに湯をわけてもらった。

「申し訳ありません、窮屈な思いをさせて」

王城と同じように寝室で入浴することになってカレンが恐縮すると、グレースは「大丈夫よ」と短く答えた。

「私に信用できる侍女を手配する技量があれば……」

「そんなこと言って、私の世話が面倒になったんでしょう」

上目遣いに睨まれてカレンは狼狽えた。こういう表情はとびきりかわいいのだ、生物学上は男にもかかわらず。

「そ、そんなことはございません。え、ええと、お背中、お流ししますね！　あ、香油も入れないと！　晩餐会だからやめた方がいいのかしら!?」

「――やっぱり面倒になったのね？」

「違います！」

しょんぼりとうつむかれてカレンはますます狼狽えた。

（うわあああ、かわいい！　男の子だけどかわいい！　陛下が道を踏み外さないの奇跡！）

「私はずっとグレース様の味方ですから」

誠心誠意(せいしんせいい)、心を込めて伝えると、グレースが小首をかしげた。

「本当？」

「もちろんです」

こんなにかわいい人に嘘をつけるわけがない。生物学上では男だろうが、かわいいものはすべてにおいて優先されるのだ。

カレンが肯定すると、すうっとグレースが目を細めた。

「言質は取ったわ。嘘をついたら鎖で繋ぐわよ」

「えっ」

頭から冷水を浴びせられた気分だ。カレンは目を瞬いた。

「さあ、晩餐までに身支度を整えないと」

「待ってください。今の話の流れ、おかしくありませんでしたか⁉」

「いつも通りよ」

「じゃあいつもおかしいことになりませんか⁉」

「晩餐会に遅れて主人に恥をかかせる気？」

「滅相もありません」

混乱しながらもとっさにそう返し、うながされるままグレースの体を磨き上げて夜会用のドレスに着替えさせる。はじめの頃はどぎまぎした着替えも、今ではすっかり慣れたものだ。

（……グレース様って、体のつくりは確かに男の子なんだけど、なんていうか、骨格や筋肉の

付き方なんかは完全に女の子なのよね）

ザガリガの実という特殊な果物（くだもの）を食べている影響だ。子どもには有害で、ましてや男が食べるものではないのだが、異国から嫁いできた彼女は、祖国をラ・フォーラス王国の庇護（ひご）下におくため王妃であり続ける必要があり、定期的にザガリガの実を摂取している。

（いろいろ複雑だわ）

瞳に合わせた紫のドレスは彼女によく似合うが、それを維持するための労力を考えるとなんともやりきれない。複雑な思いで送り出した晩餐会は、ヴィクトリアが場を盛り上げる形で終わった。慣れない空気にすっかり疲れ果てたグレースは、客室で寝衣に着替えるとそのままベッドに倒れ込んでしまった。

控え室で手早く寝衣に着替えたカレンは、心配してグレースに声をかけた。

「夜のお茶会はお断りしましょうか？」

「カレンが参加するなら、私も参加するわ」

起き上がったグレースと「いえ、休んでください」「出るわ」「お疲れなんでしょう」「疲れていないわ」と不毛な会話をしていたらノックがして、寝衣に上着を羽織ったヴィクトリアとキッチンワゴンを押したエリザベータがやってきた。キッチンワゴンには銀の器に焼き菓子、蒸し菓子、果物の甘露煮、ケーキが大量にのり、ポットとカップもセットで用意されていた。

（夜のお茶会！　禁断のお茶会!!）

予想以上に豪華で、カレンの目はキッチンワゴンに釘付け(くぎづ)になった。

「ありがとう、エリザベータ。休んでもらって結構よ」

「かしこまりました」

エリザベータは一礼して部屋を出ていった。

閉じたドアから視線をはずし、ヴィクトリアはカレンとグレースを見た。

「いかがでして？」

「は、はい。予想以上に完璧でした。これ、食べていいんですか？」

「もちろんですわ。ベッドで食べられるように、トレイも一番大きなものにしてもらいましたの。申し分ありませんでしょう？」

「素晴らしい選択です」

カレンの素直な賛辞にヴィクトリアは誇らしげだ。いそいそとトレイをベッドの上に移動させ、お茶を淹れるとグレースとヴィクトリアに渡した。

「す……すごいわね」

ベッドにお菓子。圧巻の眺めに、グレースは気圧(けお)されているようだ。少しでも異変があったら休ませようと心に決め、カップを口に運ぶグレースに注意を払いつつ声をかける。

「では、まずなんの話からしましょうか」

「夜のお茶会といえばみんな大好き恋バナですわ！　グレース様、ヒューゴ様とはいかがでございまして？」

ヴィクトリアの質問にグレースがむせる。カレンは慌てて彼女の背中をさすった。

「なにを言い出すの⁉」

カップをトレイに戻しつつグレースが睨む。しかし、ヴィクトリアはどこ吹く風だ。

「愛をもって結ばれたお二人ですもの！　たとえ同性であろうとも、いいえむしろ同性だからこそ、わたくし、グレース様のお話が聞きたいですわ！」

祖国を守るための仮初（かりそ）めの結婚だと知らないせいで、ヴィクトリアの鼻息が異様に荒い。実は肉体関係なんて微塵もないだなんて知ったら、裏切り者と罵（ののし）られそうな勢いだ。

「い、いきなりそんな込み入った話は」

「では、カレンはどうですの？」

「私ですか？」

ドキリとしつつ、平静を装ってヴィクトリアを見た。

「噂ですのよ。ヒューゴ様がグレース様の侍女をいたく気に入っていると。わたくしも、カレンは第二王妃になるのだと思っておりますが」

「ちちちちち、違いますよ⁉　なりませんよ⁉　そんな恐れ多い！」

「――あら、ヒューゴ様がカレンを気に入っているところは否定しませんのね」

（しまった、引っかかった！）

　ひいっとカレンは胸中で悲鳴をあげる。噂だなんて前置きをするものだから、前提条件を間違えた。昼間ならそつなく受け答えしていたのに、気安い寝衣、しかもベッドの上とあって、かなり気がゆるんでいたらしい。

「カレンは私のものだから、いくらヒューゴ様でもあげないわ」

　しかも、グレースまでおかしなことを言い出すから、ますます調子が狂ってしまう。

「キスをした仲ですものね」

　ふふふっと、ヴィクトリアが笑うのを見てグレースはきょとんとした。

「キス？」

「グレース様がわたくしの別荘で溺(おぼ)れたときですわ。グレース様は何度もカレンとキスをしたではありませんか。人工呼吸でしたけれど、……グレース様？　あら？　あらあらあら？」

　みるみる赤くなっているグレースに、ヴィクトリアは目をまん丸にした。

「まあ、なんてかわいい人なのかしら！」

　ヴィクトリアがグレースを抱きしめた。

（ヴィクトリア様、その人、見た目はめちゃくちゃかわいいけど中身は男――!!）

　豊満な胸に埋まったグレースが苦しさのあまり暴れている。助けようとカレンが手を伸ばしたら、ずるりとグレースの頭がずれた。

「え……？」

ベッドに落ちた髪の塊にヴィクトリアは硬直する。

「きゃああ！　頭！　頭が落ちましたわ!?」

「落ち着いてください。それは頭じゃなくてカツラです。グレース様のカツラです！」

「カツラ？」

ヴィクトリアが抱擁を解いて腕の中でぐったりとしている素のグレースを見た。

「ま、……まあ、なんてかわいい男の子」

ヴィクトリアが頬に手をあてうっとりとする。王妃を演じるための黒髪のカツラの下は明るい茶髪で、もともとの顔の作りのために、カツラをはずすと完璧な美少年と化す。しかも、怯えた表情がとびきり愛らしいのだ。

「ヒューゴ様が道ならぬ恋に走るのも仕方ありませんわね！　納得いたしましたわ！」

「ヴィクトリア様は心底薔薇伯愛好家でいらっしゃるんですね」

〝薔薇伯〟というのは男性の同性愛者をさし、〝薔薇伯愛好家〟はそうした彼らを陰になり日向になり見守るちょっと腐った人たちのことを言う。

「ああ、でもわたくしも、こういう殿方でしたら一度恋に落ちてみたいですわあ」

「ヴィクトリア様の振り幅もたいがい広いですね」

「そんなことありませんわよ。わたくしこれでも少々うるさいのですから。まず、汗臭いのは却下です。筋肉ムキムキな殿方も却下です。それから、声の大きな方も好きではありません。

乱暴な方などもってのほか――」

　そうか、完全に美少年が範疇なのか、そう納得していたらドアが激しくノックされた。

「今、悲鳴が聞こえました。なにかございましたか」

　エリザベータの声だ。

「大丈夫です。なんでもありません」

　そう返したカレンは、カツラをはずしたままぐったりとヴィクトリアに抱きしめられている
グレースに気づいて青ざめた。ドアが開く。こんな姿を見られたら、いろんな意味で大惨事だ。

グレースが男だとバレたら口封じでエリザベータの命がない。命があったとしても、グレース
とヴィクトリアがおかしな関係だと吹聴されたら、王家の信用が失墜しかねない。

(隠さなきゃ！)

　呆気にとられるヴィクトリアからグレースを奪い、シーツですっぽりとおおった。

「ヴィクトリア様？」

　エリザベータが部屋の中を覗き込む。本来なら使用人が許可なくドアを開けることはない。

宰相家の侍女が基本中の基本を守らないなんて不自然だ。

(そうか。この人、グレース様とヴィクトリア様は不仲だと疑ってて、ヴィクトリア様を心配
して駆け付けたんだ)

　即座に納得したカレンは、ふんわりと空気をはらむシーツをそっと押さえてエリザベータに

微笑んだ。

「申し訳ありません。私がお茶をこぼしたせいでヴィクトリア様がびっくりされたんです」

「そ、そうですの。ごめんなさい、大きな声を出して……驚かせてしまったようですわね」

「……お茶、ですか？」

エリザベータは素早く室内を見回す。

「王妃様は……」

「疲れたからもう休むと、先にベッドに」

カレンはシーツの膨らみをそっと押さえる。タイミングがいいことに、シーツの下でグレースが身じろいだ。

「……左様でございますか」

腑に落ちない、という顔をしながらもエリザベータがうなずく。そのまま出ていくかと思いきや、出ていくどころかつかつかとベッドまでやってきて足を止めた。まさかシーツをめくる気なのか。王妃の寝顔を見ないと納得できないとでも言うつもりか――カレンが身構えると、エリザベータはその場で膝を折った。

なんだろう、そう思って腰を浮かしたカレンは、立ち上がったエリザベータが手にしていたものを見て卒倒しそうなほど驚いた。

（グレース様のカツラ――!!）

黒く艶やかな髪の束。もはや言い逃れられない品を手に、エリザベータが困惑気味にカレンたちを見た。

（なぜかしら⁉　偽乳ポロリ事件を思い出すわ！）

走馬灯のように思い出されるのは、タナン村でグレースのドレスを洗っていたら、胸の詰め物がポロリと落ちて幼なじみに見つかったときのできごと。

そして、グレースが苦しくないよう王妃の私室でドレスの手直しをしていたら、胸の詰め物がまたしてもポロリと落ちたときのできごとだった。

そこでカレンは閃いた。

「それはカツラです」

ここは隠して怪しまれるより、堂々と明かすのがいい。下手に隠されると暴きたくなる習性を、誰しも多少なりとも持ち合わせているのだから。

「——見ればわかります」

カレンの返答がお気に召さなかったらしいエリザベータが、しらけた声で返してきた。口元が引きつるのをこらえながら、カレンは言葉を続けた。

「ご存じありませんか？　最近、王都で流行しはじめているんです。黒髪のカツラが」

「これが？」

「ええ、まさにそのカツラが！　成婚の儀でグレース様を見た娘たちが、その美しさに憧れて黒いカツラを身につけているんです！」

「……では、これは誰のものですか」

「わ、私のものです。ほら、ぴった……り」

（じゃなーい！　え、グレース様って頭小さい！　いくら髪が短めだってこのサイズを常時身につけてらっしゃるの⁉）

「サイズが合わないようですが」

めざとく指摘され、カレンは意地になってベッドに突っ伏した。

「そうなんです！　高い買い物だったのにサイズを間違えて、今日はその愚痴をお二人に聞いてもらおうとしたらグレース様は先に寝てしまわれたんです！　ひどいですよね⁉　ひどいと思いますよね⁉　エリザベータさんならわかってくださいますよね⁉　ぜひ私の愚痴に付き合ってください！　今日一晩、あなたのためにみっちり愚痴りますから‼」

「い、いいえ、仕事がありますので」

エリザベータが後ずさった。カレンの剣幕に恐れをなしたのか顔が引きつっている。

「そんな無体なことを言わないでください！　同じ侍女じゃないですか‼　私たち、仲間ですよね⁉　一心同体（いっしんどうたい）ですよね⁉」

「失礼します」

がばっと顔を上げて訴えたら、そそくさとエリザベータが逃げていった。

「ひどい！　エリザベータさあああん！　ちょっとくらい話を聞いてくれてもいいじゃないですかあ！　私のカツラ――!!」

再びベッドに伏せて泣き崩れると、ドアがパタリと閉じた。そのままの姿勢で待つこと三分。静まり返った部屋に衣擦(きぬず)れの音が響く。

「……私、絶対バカだと思われましたよね？」

「素晴らしい捨て身の作戦でしたわ」

めそめそ訊いたら、ヴィクトリアが背中をさすりつつ愁(うれ)いを帯びた目でうなずいた。起き上がったカレンは素早くドアに向かうと施錠し、がっくりと肩を落としてベッドに戻った。

「ドアの前に近衛兵を立たせるのは……」

「ギルバートおじさまが気を悪くされなければいいのですけれど」

「ですよねー」

異変を感じて即座に対応できるほど侍女が近くに控えているのに、近衛兵を立たせたら信用していないと告げているようなものだ。

「カレンも大変ですわね。一人でグレース様の秘密を守らなければならないなんて」

「……避暑のときはもっと大変だったと思います。近くには宰相さんしかいなかったから」

四六時中(しろくじちゅう)、気を張っていたに違いない。

「少し、ヒューゴ様がグレース様を大切にされる気持ちがわかりました」

さすが読友、ヴィクトリアの言葉にカレンはうなずき、二人でそっと握手を交わしてからシーツをめくる。すると、グレースは小さくなって眠っていた。

「本当に、いじめたくなるくらいかわいらしいですわね」

「ヴィクトリア様、変な気を起こさないでください」

カレンはぎょっとし、自分の頭に中途半端にのっているカツラをはずしてグレースにかぶせる。もともとややきつめに作ってあるようで、きれいにつけるのに苦労した。

（グレース様っていろいろ無理されてるのね）

避暑と称して旅行をしているあいだはずっと体に合わないドレスを我慢して着ていたし、正体が知られるのを恐れて貴族たちとの交流も最小限にとどめている。

「少しでも気晴らしできるといいのですけれど」

「そうですわね。……さあ、せっかくのお茶が冷めてしまいますわ。座りましょう」

ヴィクトリアがベッドを叩くのを見て隣に腰を下ろす。

「それで、実際にどうなんですの？」

「なにがですか？」

「もう！　ヒューゴ様との関係ですわよ！　求愛されたと聞いていますが」

焦れたようなヴィクトリアの問いに、ぶわっと頬が熱くなった。カーテンの裏で密やかに交わされた言葉がよみがえる。名前を呼ぶように求められ、唇に彼の息が触れて。

あのまま誰も来なかったら、きっと――。

「きゅ、きゅ、きゅ、求愛、だ、なんて、そんな……!!」

「――あら、噂は本当ですのね。素直にお受けになればいいのに」

予想外の言葉に、カレンは恨めしげにヴィクトリアを睨んだ。

「ヴィクトリア様だって、陛下との結婚に消極的だったじゃないですか」

「そう言われると言葉もありませんわね」

王妃としての教育を受けていたにもかかわらず、重責から逃げるため留学を繰り返していたのがヴィクトリアだ。外見も完璧で教養もある彼女ですら拒否したのに、王都に来て間もない田舎娘が受け止めきれるわけがない。

「わたくしには無理でしたが、カレンならうまくやれますわよ」

なぜだか自信満々に答えられてしまった。

「なんの覚悟もない小娘に無茶を言わないでください。だ、第一、陛下はグレース様と結婚されたばかりです。第二王妃なんて節操がなさすぎます」

「大丈夫ですわ。いろいろな下準備が必要ですから、実際に結婚するのはもっと先ですもの」

「下準備?」

「カレンは平民ですから、まず王族に輿入れできるよう後見人を選ぶ必要があります。もちろん、誰でもいいというわけではありませんわ。貴族の中でも伯爵以上で序列もそれなりに高い名家になるでしょう。無事に後見人が決まったら花嫁修業がはじまります」

田舎はとにかく「丈夫な体」こそが資本で、体力面や指先の器用さ、協調性こそが宝だ。料理は実家の味より婚家の味に合わせ、裁縫ができれば重宝される。だから花嫁修業と聞くと、ジョン・スミスの世界をどうしても思い出してしまう。しかし、アンソニーは貴族だ。王族ではない。

カレンが困惑していると、ヴィクトリアが捕足するように言葉を続けた。

「王妃として公式の場に出ても恥ずかしくない教育、と言えばわかりやすいですわね。立ち居振る舞いやテーブルマナー、ダンス、刺繍、国史や近隣諸国の歴史なども学びます」

「ランスロー伯爵夫人が指導してくれているみたいな？」

「まさしくそれですわ」

（グレース様は陛下との結婚が急遽決まったから、結婚後に学んでらっしゃるのね）

「それを、カレンも受けているでしょう？　傾国の姫と田舎娘には無用の長物と鼻で笑っていた貴族たちが、それはもうざわついてざわついて」

意味深にヴィクトリアが笑ってクッキーを一つつまむ。手入れの行き届いた美しい指からふっくらみずみずしい唇にクッキーが呑み込まれ、噛み砕かれる。

カレンはごくりとつばを飲み込んだ。

「な、なぜ、ですか」

ヴィクトリアが目を細める。面白がっているのはわかるが、問わずにはいられない。美しい指が今度は砂糖菓子をつまみ、白い歯が噛み砕いた。

「前王妃の教育係だったランスロー伯爵夫人が、あなたの教育に力を入れはじめたからに決まっているではありませんの」

ざあっとカレンは青ざめた。はじめはグレースとともにマナーを教えてもらうだけだったカレンは、今では個別で指導を受けている身だ。

「誤解です。ランスロー伯爵夫人は、私があまりにも頼りない侍女だったので、グレース様のお役に立てるようにというお考えで」

なんだろう。この、うっかり自分から外堀を埋めてしまった感は。

カレンは狼狽えた。

「カレンがどう思おうと、貴族たちの目からあなたは奇異に映ったのですわ。そのうえ国に貢献して花章を受け、洗剤をはじめとする数々の新商品を世に送り出すも特許を取らず、故郷に大きな工場を建て多大な恩恵をもたらした。それらの功績だけでも、貴族たちがぜひ後見人にと申し出るのは当然でしょう。わがレッティア家も後見人に名乗りをあげておりますのよ」

呆気にとられるカレンに、ヴィクトリアがきょとんとした。

「最近、手紙の数が増えたことに気づきませんでしたの？」

「増えてました。招待状ではないと気づいてはいたんですが、全部グレース様がお返事を書かれて、私には一切触らせないようにしていて」

ヴィクトリアはそっと手を伸ばし、眠るグレースの黒髪に触れる。

「グレース様は本当にあなたを手放すのがお嫌なのね。……でも、ヒューゴ様が本気で求めれば、あなたに逆らう権利はありませんわ」

どきんっと心臓が跳ねた。

（ど……どうしよう）

焦りの中に交じる別の感情。混乱の中にひそむ興奮。

猛々しい王の姿を思い出し、カレンはぎゅっと唇を噛みしめた。

第二章　嵐がやってきたらしいですよ！

1

仕事が終わらない。

宰相レオネル・クルス・クレスが不在の王城で、ヒューゴは刻々と増えていく書類に渋面になった。王の決裁が必要な書類は多い。公共事業とそれにともなう周辺整備はもちろんのこと、薬禍の報告や疫病の警告、近隣諸国との貿易、国防にかかわる軍事演習、国境警備に関する報告、会議は一日一回必ずあるし、貴族の不満や国民の陳述書も無下にはできない。

だが、深夜にもかかわらず執務室に届けられる紙束に辟易してしまう。

「……誰かに丸投げしたい」

「陛下、心の声が聞こえています」

窘めるのは書類の束を追加した非情な第一近衛隊の副兵長である。容姿は可憐で華やか、女性にしては特例の〝副兵長〟という高い地位を得ている彼女は、相手が国王だろうと、自分の一言に命がかかっていようと、まったく躊躇いなく意見を口にする肝の据わった女だ。

「もともと俺は戦場のほうが性に合っているんだ」

「大将が最前線で戦うのはどうかと、自分は前々から思っていました。指揮官不在の戦場など愚の骨頂」

チクチクと言葉が刺さってくる。

「ちゃんと軍師に支持を仰いでいるだろう」

「そういう問題ではございません。そもそも陛下は、事務仕事自体はそれほどお嫌いではないでしょう」

遠回しな確認に、ヒューゴは溜息をついた。

「……嫌いではないが」

「王妃を追って城を出たいと言い出さないでくださいね。まだ仕事が終わっていません。もちろんずっと終わりません。だって陛下は陛下ですから」

兵士にかわいさは求めていないが、発言にはもう少し配慮がほしいところだ。ちなみに彼女は兵長ミック・オリヴァーの妹で、――彼が密かに想いを寄せている相手でもある。

「レオネル様が不在である今が陛下の腕の見せ所です。溜息をついている時間などありません。あ、財務省室の増員にともなって、総務省の増員依頼の書類がこちらに」

書類が一枚追加される。これに懲りたらレオネルをねぎらってやれ、ということらしい。

ヒューゴはますます渋面になる。

「俺は一応、新婚なんだぞ？」

「同情いたします」

妻と別れて仕事漬け――泣き落としでいこうと思ったら取り付く島もない。

もっとも、新婚といっても、グレースとの関係は共犯者という意味合いが強い。彼女の故郷である古都（こと）を守るため、互いの立場を利用したのだ。

本当に会いたいのは――。

ヒューゴが目を伏せたとき、ノックの音が室内に響いた。

「至急、報告したい儀がございます」

切迫した伝令の声にヒューゴは近衛副兵長と視線を交わす。「入れ」と副兵長が声をかけると、兵士が血相を変えて部屋に飛び込んできた。

「急ぎ、お越しください！　リュクタルの皇子が城門の前で暴れています……!!」

当惑を顔面に貼（は）り付け、兵士は懇願した。

2

恋バナのあとは聖典であるジョン・スミスの朗読会となった。

驚くべきことにヴィクトリアは、どこに行くにもバラアンを持ち歩いているらしい。見習うべき信者っぷりだった。

そしてグレースを挟むような形で眠り、一番鶏の声とともに目を覚ます。

（習慣って素晴らしい！）

恋バナの動揺を引きずってなかなか寝付けなかったにもかかわらず、無事に起きることができた。カレンは小さくなって眠るグレースと、相変わらず悩ましい寝姿をさらすヴィクトリアを見る。こうしていると姉妹みたいだ。思わず微笑み、そっとベッドから下りて使用人部屋でメイド服に着替え、髪をまとめて客室を出る。一階に下りるとドアが開いていることに気づいた。不思議に思って覗き込み、カレンは小さく声をあげた。

「図書室だわ。すごい本の数……!!」

広い部屋には書架が整然と並び、医学の専門書から地質学、大衆向けの娯楽小説まで幅広くそろっている。ついつい〝ジョン・スミス〟の著書を探し、カレンはごっそりと抜けた棚に立ち止まった。

「こ、ここでも人気なのね！　さすが、聖典！」

拝んでいたら背後から物音がした。はっと振り返ると、困惑顔の屋敷の主、ギルバート・クルス・クレスが立っていた。

「申し訳ありません、ドアが開いておりまして……素晴らし蔵書ですね」

「王都の書店で並ぶ本は一通りそろえてある。屋敷の者なら読むのは自由だ」

(な、なんて太っ腹……!!)

しかも、屋敷の使用人は本が読めるだけの教養があるということだ。貸し出されているのは娯楽小説が中心だが、それでも驚異だった。

「……昨日は、ずいぶんと盛り上がったようだな」

咳払いしてギルバートが話題を変えた。どうやら副侍女長であるエリザベータから報告を受けているらしい。含むような言い方に、カレンは即座にそう判断した。

「突然押しかけたにもかかわらず素晴らしいおもてなしをありがとうございます、クレス公爵閣下。お部屋も快適で、お食事はどれも手が込んでいて大変おいしかったとグレース様がいたく感激しておりました」

侍女であるカレンの食事は当然質素だったが、基本の味つけは同じなので料理長の腕も推して知るべしだ。王城にも引けを取らない料理人をかかえているとわかる。

(とくに野菜！　鮮度もいいけど味が濃い！　巻き毛牛はおいしくて当然だけど!!)

興奮を隠しつつ、カレンは言葉を続ける。

「レオネル様の容態はいかがでしょうか？」

「――病気ではないから気にする必要などない。あれの覚悟が足りないだけだ。兄はこんなことで倒れたりはしなかったのだが……あれの弱さは妻に似たのだろうな」

思いがけない返答にカレンは目を瞬いた。過労とはいえ、倒れたわが子が療養のために戻ってきたなら一大事だ。それなのに微塵も心配するそぶりがない。

（そ、そうだ、この人！　先代の宰相が失踪したから、後釜に据えた宰相さんに無茶ぶりを強いた人だった!!）

聞くところによると、恋人も親しい友人もなく、飲酒や賭け事も禁止され、浮ついた話どころか趣味すらないという、仕事のためだけに生きるレオネルの生活の基盤を作った張本人だ。レオネルが宦官なのではないかと噂されるほどの徹底ぶりに恐怖を覚えてしまう。

「兄とおっしゃいますと……」

辛辣な言葉を聞くのが忍びなくて別の話題をふると、ギルバートの表情が険しくなった。

「侍女と駆け落ちした恩知らずだ。やつのせいで、さして丈夫でもない弟のレオネルに宰相としての教育をする必要ができて、どれほど苦労したことか。金の無心に来たら追い返してやろうと待ってやったが、いまだに手紙一つよこさん。強情なやつだ」

ギルバートが苛立ちに顔を歪める。これ以上彼の話を聞いていたらよけいなことを口走ってしまいそうで、カレンは感情が表に出ないよう神経を尖らせながら一礼した。

「後ほど、レオネル様のところに王妃殿下とともにお見舞いにうかがおうと思っております。許可をいただけますでしょうか」

「好きにすればいい」

冷たい声だ。この老人は、息子たちに愛情がないのだろうか。

「ありがとうございます」

カレンは一礼し、ギルバートが図書室から出るのを待ってから小さく息を吐き出した。そして、気持ちを切り替えて厨房に向かい、水差しに湯をもらってしずしずと客室に戻る。

ベッドでは、ヴィクトリアが眠るグレースにのしかかっていた。

「な、なにをされてるんですか」

ギルバートに会ってもやもやしていた気持ちが、予想外の状況で吹き飛んだ。顔を上げたヴィクトリアは、息を乱し、頰を上気させながらカレンにこう訴えた。

「このカツラ、意外と取りにくいのですわね！　手伝ってくださらない!?」

「グレース様はそのままで十分にかわいいんですから、そのままご堪能ください！」

「もちろん今でも十分愛らしいのですけれど、カツラが邪魔ですわ！」

「はずしちゃだめです！」

グレースの髪をぐいぐい引っぱるのを見てカレンが仰天する。さすがに痛かったのか、グレースがうめき声とともに目を開け、眼前に迫る巨乳に悲鳴をあげた。

「なにかありましたか!?」

そして再び部屋に飛び込んできたエリザベータに、王妃に王の元許婚がのしかかり、そのうえ侍女が襲いかかるというあられもない姿を目撃されてしまった。

（いやあああ！　もういやあああ!!）

エリザベータが硬直するのを見てカレンは胸中で絶叫した。だが、現実逃避している場合ではない。誤解されたまま彼女に去られたら変な噂が立ってしまう。それはなんとしても避けなければならない。

カレンは腹をくくった。

「ヴィクトリア様が、グレース様の美しい髪がどうしてもほしいとおっしゃって！　こういうカツラを作りたいとただいま採寸中で!!」

「失礼します……」

「ああ！　エリザベータさん！　行かないで!!」

エリザベータは目を泳がせながらパタンとドアを閉じた。

追ったら墓穴が大きくなりそうで、追いたくても追えない状況である。カレンは数歩歩き、よろよろとよろめいて壁にぶつかった。

「い、隠蔽工作がどんどんおかしな方向に……!!」

「エリザベータのあの目！　わたくし、絶対変質者認定されましたわ！　名門レッティア家の令嬢から初の変質者……!!」

窓の外に広がる青空を見て黄昏れるカレンと、ベッドに沈んでうめくヴィクトリア。奇妙な二人に困惑しつつ、グレースは両手でしっかりと髪を押さえた。

「な、なんなの」

こうして怒濤の一日がはじまりを告げた。

幸い、エリザベータはそれほどおしゃべりではなかったらしい。

（小説の中だと使用人たちの楽しみは噂話って鉄板だけど、さすが宰相家ね！　首の皮一枚で繫がった気分だわ!!）

茫然自失だったヴィクトリアを彼女用の客間へと見送ったあと朝食をとった。そのときの給仕の態度は、昨日とまったく同じだった。

（お姉ちゃんと名前が似てて年も近くて、仕事熱心で、副侍女長で、おまけに口も堅い！　エリザベータさん！　すごい女性だわ!!）

そんなこんなでカレンの中でエリザベータは一方的に評価が高い。エリザベータからは〝ヴィクトリア様から陛下を奪った女の侍女〟として軽視されていたが、毛ほども気にしないカレンは、顔を見るたびに尊敬の眼差しと最上級の礼儀作法であいさつを繰り返した。

「……お前の打たれ強さもたいがいね」

エリザベータの態度からいろいろ察していたグレースだが、カレンのマイペースぶりにあえて指摘をやめて苦笑した。

「私、頑丈にできていますので」

「それでこそ私の侍女ね」

満足げにうなずくグレースにカレンは思わず息を詰めた。まだまだ頼りないカレンを、グレースは手放しで褒めてくれている。カレンの目標はグレースを守れる侍女だ。少し――ほんの少しだけ、それに近づけたような気がして嬉しかった。

エリザベータに屋敷を案内してもらったあと、カレンはグレースとともにレオネルの寝室へと向かった。途中で合流したヴィクトリアは朝の騒動から持ち直したらしく、侍女たちをしたがえ華やかにあいさつしてきた。

そして向かった先――世話係が常時二人控えているレオネルの寝室は、恐ろしいほど殺風景だった。ベッドと机と椅子、本を収める棚が三つあるだけという簡素ぶりで、装飾のないベッドには真っ白なシーツが敷かれ、青白い顔のレオネルが死んだように眠っている。

（な……なんか、心が病みそう）

趣味で簡素なら構わないが、そうでなければ簡素すぎる。同行した宮廷医が言うには、過労と栄養失調で倒れたレオネルには、食べて寝ることがなによりの薬なのだそうだ。

「安静にしていればいいなら王城でも……」

「王城だと無理をしてでも仕事をすると思います」

ヴィクトリアの言葉に、カレンは素直な言葉を返す。胃を押さえながらも業務をおこなっていたレオネルの姿は記憶に新しい。仕事人間であると有名なのか、ヴィクトリアは「そうですわね」と素直に納得した。

「看病もいるし、今のところは私たちにできることはなさそうね」

「ですわねえ。あ、せっかくティエタ大平原に来ているのですから、散歩いたしません?」

ヴィクトリアの提案に、グレースは「そうね」とうなずいた。滞在中はマナー教室もなく、来訪者もいない。謁見もないので、あえて部屋に引きこもっている必要はないのだ。護衛を三人ほど引き連れて、王妃様ご一行はのどかな草原をゆったりと歩くことになった。

「……わたくし、二日で逃げ出してしまいそうですわ」

ヴィクトリアの侍女であるロザリアーナが愕然とつぶやくのを聞いて、他の侍女たちも同調してうなずいた。

「こんな田舎、耐えられません。有名デザイナーが在籍する仕立屋がないなんて!」

「あら、ケーキ屋がないことのほうが重大ですわ」

「こんなところでは舞踏会も開けません。素敵な殿方とはどこで出会えばいいの?」

「立派な牛だったらそこら中にいるのに」

「牛と結婚はできませんわよ! でも、本当に立派な牛ですこと」

きゃっきゃとはしゃいでいる。確かに立派だ。くるんと巻いた毛並みもツヤツヤと美しいし、鼻の湿り具合といい歩きかたといい、申し分ない。

「ここにいる牛は……」

「タナン村特産の巻き毛牛です。年間三百頭ほどが出荷され、貴族を中心に人気です」

グレースの言葉にカレンは即座に返す。

「もっとたくさん育てれば、もっと収入が増えるんじゃないの？」

「需要と供給のバランス的には今の数が最適だと思います。あまり大量に流通すると、消費できなくなったぶんが安く買い叩かれることになります。利益が減れば一頭にかける手間賃を減らさなければならなくなる。すると肉質が落ちる。肉質が落ちると販売価格も落ちます。結果として巻き毛牛全体の価値が下がることになります」

「――金持ち専用の贅沢品ね」

「今はこの路線が最良かと思います。ずいぶん定着したようですし」

グレースに答えていると、ヴィクトリアがきょとんとした。

「巻き毛牛？　タナン村？」

「この牛、販売に携わったのはカレンよ」

「そ、そうですの!?　お父さまが巻き毛牛をとても気に入っていて、販売権がほしいと手を回していましたわ！」

ヴィクトリアの言葉にカレンは困り顔になった。

「すみません。独占販売で価格を安定させているのでそれは難しいかと」

「そうなんですの……お父さまががっかりされますわね」

もぐもぐと口を動かす牛たちを眺めていたカレンは「ん?」と首をかしげる。お腹の大きな牛がいたのだ。明らかに出産間近という巻き毛牛が。

(巻き毛牛は全部食肉用に売買されるはずなのに)

契約違反だ。だが、罰則があるわけではないし家畜商の管轄なので、あえて指摘する必要はないだろう。

(それにあの子、なんかちょっと小さい)

成体にしては小柄だ。じっと眺めていると、牛が不自然に体を動かしはじめた。

「……金髪——じゃない、ロザリアーナ、お屋敷の人に獣医さんを呼んできてもらって」

「獣医ですか?」

「出産がはじまると伝えてください。それから、縄の準備を」

「わ、わかりましたわ!」

出産と聞いてロザリアーナは青くなって屋敷に向かって駆けだした。普段からトン・ブーに追いかけ回されているだけあって、ロザリアーナの足は令嬢としては驚異の速さだ。

「苦しそうだわ」

「たぶん初産です。介助が必要になるかもしれません」

驚きに目を見開くグレースにうなずき、カレンは牛に近づくと首筋を撫でた。

「よしよし、大丈夫よ。落ち着いて。いい子ね」

頭を上下させて歩き回る牛に合わせ、カレンは静かに話しかける。間もなくやってきたのは宰相家の当主であるギルバートと数人の従僕だった。

「分娩小屋の準備は？」

「すんでおります。すぐに使用できます」

母牛を移動させようとするギルバートたちにカレンは戸惑った。

「クレス公爵閣下、獣医は呼んでいただけましたか？　どのくらいで到着しますか？」

「呼んでいない」

「ですが、初産の場合は介助が必要になることも……」

ギルバートが腕をまくった。

「私が獣医だ。もともとは人間相手の医者だったが、引退してからは動物も診ている。牛の出産も何度か立ち会っている」

「さ、左様でございますか……!!」

ギルバートに誘導されて歩き出す母牛のあとを追いながら、カレンは口元を引きつらせた。

（ちょ、ま、えええええ!?　じゃあ、腕のいい獣医ってこの人!?　私、引退した宰相さんを獣医と見込んで家畜商さんに巻き毛牛を売り込んでたの!?）

知らなかったとはいえ恐れ多い。七年前、カレンは巻き毛牛を売りたいばかりに後先考えずに家畜商に話を持ちかけたが、彼が呆れるのも当然の状況だったのだ。

皆が向かったのは、房がいくつも用意された大きめの厩舎だった。出産を終えた牛が何頭か房に入っていて、子牛に乳をやりながらのんびりと藁を食んでいた。

ギルバートはあいている房に母牛を入れる。

「な、なんか出ていますわよ!?」

「ヴィクトリア様、落ち着いてください。普通のことです。子牛が生まれる前に胎膜が出るものなんです」

「きゃあああ！　破れましたわ！」

「破水です。普通のことですから。破れないとだめですから」

「牛が苦しそうですわ！」

「出産ですから！」

卒倒しそうな顔色でヴィクトリアが訴えてくる。少し刺激が強すぎたらしい――と、思っていたら、グレースまでふらふらと後ずさっていた。とっさに支えるとぐったりと気を失った。気づけばロザリアーナをはじめとするヴィクトリアの侍女たちもバタバタと倒れていた。

(うあああ、阿鼻叫喚！　いや、静かだけど！)

カレンは全員を木陰まで引きずっていき、卒倒手前で実況を続けようとするヴィクトリアにグレースたちの世話を任せて分娩小屋に戻った。ちらりとギルバートがカレンを見たが、なにか言うそぶりはない。カレンは遠巻きに若い母牛の出産を見守った。

（……え？　子牛の蹄が上を向いてる……？）

ざわっと肌が粟立った。すぐにギルバートも異変に気づき、従僕たちのあいだにも緊張が走る。初産で逆子――危険なお産だ。カレンはくみ置きしてある水で両手を洗い、縄を手に近づいた。

「介助します。手伝ってください」

お産を見守るギルバートたちに声をかけ、驚く彼らを尻目に産道から出てきた両脚に縄をくくりつける。牛が息むタイミングに合わせて縄を引くが、わずかに動くだけでなかなか子牛の脚が出てこない。何度か繰り返していると、ギルバートの大きな手が縄をつかんだ。

「息むときに引けばいいんだな？」

「はい。お願いします」

カレンは産道に手を入れて出産がスムーズにいくよう手助けをする。ぐっとギルバートが縄を引くと、子牛の飛節まで出た。カレンは縄を素早くかけ直し、ギルバートにうなずいて合図を送る。子牛の胴が出るとあとはするりと全身が抜けた。

子牛の顔に耳を近づけて呼吸しているのを確認し、藁で体を軽くこする。

「よく頑張ったわね」

通常よりやや小さな子牛だったのも幸いだった。これで普通のサイズだったら、下手をしたら母牛もろとも死んでいたかもしれない。

母牛が子牛の体を舐めるのを見て、カレンはようやく立ち上がった。

そして、従僕たちの眼差しにぎょっとした。目を潤ませている者までいたのだ。

「ありがとうございます！　フロイラインが無事に出産できたのはあなたのおかげです！」

「フロイラインはもともと体が弱くて、出産には耐えられないだろうとギルバート様がおっしゃっていたのに……!!」

「そ……そうなんですか。逆子でしたが子牛も小さく、母牛も頑張ってくれたので……無事に産まれてよかったです」

従僕たちが母牛をねぎらうのを見つつ房から出たカレンは、じっと見つめてくるギルバートに背筋を伸ばした。

(反射的にやっちゃったけど、助からないって言われてた牛だったの!?　素人が助けたら面目を潰したことになる!?　でも、破水したなら陣痛がはじまってから結構時間がたってるはずで、あのままじゃ子牛が死んでた可能性が高かったし！)

「も……申し訳ありません。部外者がよけいなことを」

「――以前にも出産の介助を？」

「え？　あ、はい。故郷が畜産に力を入れていまして」

(というか、ここに運ばれる子牛はほとんどがタナン村産で)

「ときどき介助の手伝いを」

「子牛が息をしていないときの対処は？」

「口と片方の鼻を押さえ、あいている鼻に口をつけて——あ、でも、これをやると義兄に怒られるんです。不衛生だからと」

　しかし、子牛の命を助けるのが優先なので、なりふり構ってはいられなかった。

「牛の分娩は自然に任せるのが主流な中での介助か」

「要領さえ間違えなければ、母牛はもちろんですが、子牛の命も守れます」

　カレンの言葉にギルバートは眉（まゆ）を強く寄せたあと、ふっと息を吐き出した。

「そうだな。感謝する」

「い、いえ！　お役に立てて光栄です……!!」

　案外と懐（ふところ）の広い人なのかもしれない。よけいな手出しをした部外者に怒るどころか感謝するギルバートに、カレンは恐縮して一礼した。

「こちらは巻き毛牛の肥育地（ひいくち）だと聞いていたんですが、出産する牛もいるんですね」

　取り繕うように尋ねると、ギルバートは軽く肩をすくめた。

「病気がちな牛は食肉として出荷しないようにしているからな。雄牛とは別に放牧しているんだが、たまに脱走する牛がいる」

　なるほどそういうことかと納得していると「そういえば」と、母牛の世話をしていた若い従僕が口を開いた。

「ここで生まれた牛と、購入した牛を育てたものとでは味が違うんですよね。肉質が違うというか……不思議ですよねえ」

「飼料が違うんです。妊娠するとどの牛も水苔を好んで食べるので、それが影響しているんだと思います。あと、雄牛も交配用の子がいて――」

タナン村でごく一部にしか生えない水苔が、なぜだか妊娠した牛に大人気なのだ。雄牛は見向きもしないから、きっと彼女たちにしかわからない魅力があるのだろう。うんうんとうなずいていると、「ゴートという名前の家畜商を知っているか?」とギルバートに尋ねられた。

「もちろん知ってます。タナン村の子牛を優先的に買えるのはあの家畜商さんだけで……」

「――ゴートが、タナン村にはとんでもない悪童がいると言っていた。巻き毛牛の子牛を破格で売りつける悪童は子牛を取り上げる腕も一流で、かかわった出産で死産は皆無だとか」

「破格ではなく適正価格です。実際、問題なく流通しているんですから。それに、残念ながら死産の経験はあります。成育の悪い子も実際にいて……」

「――なるほど、お前が噂の悪童か」

確信をもって告げられて、カレンははっと口を閉じる。

「王妃殿下の侍女は辺境の避暑地で見つけてきた変わり種だと聞いていたが、まさか噂以上におかしな娘だったとは」

貴人の侍女は礼節にはじまって礼節に終わる。気難しい老人は、きっと、昔ながらの侍女に価値を見いだすタイプだろう。非常識なカレンに向ける眼差しは、厳しい断罪の色だった。

　カレンの評価は、カレンを選んだグレースへの評価だ。

　カレンが絶句していると、背後からぐいっと腕を引かれた。

「正しいことをして責められるのは不条理だわ。あなたはまさか、侍女は侍女らしく子牛が死ぬのをただじっと見守っていろと言いたいの？」

　高く澄んだ声にカレンは驚いて背後を見る。体調が戻ったグレースが、カレンの肩をしっかりと抱きしめてギルバートを睨んでいた。

「そうですわよ、ギルバートおじさま。それに、カレンが変わり種でなかったら、今ごろわたくしとグレース様は湖に沈んでいたかもしれませんわ」

　凛としたグレースの横顔に目を奪われていると、いきなりずっしりと肩が重くなった。遅れてやってきたヴィクトリアが、カレンごとグレースを抱きしめていたのだ。否、もたれかかっていると言ったほうが正しいかもしれない。

「湖に？」

「舟遊びをしていたら舟が転覆したんです。普通の侍女でしたら助けを呼んで、そのあいだにわたくしたちは溺死していたでしょう。無事だったのはカレンが湖に飛び込んで助けてくれたおかげ――それでもカレンを非難されますの？」

「――失言だったな。詫びよう」

素直に謝罪されてカレンは狼狽えながら「とんでもございません」とだけ返した。ヴィクトリアはカレンとグレースを見てうなずき、そわそわとしはじめた。

「先ほど、無事に産まれました」

察して答えると、ヴィクトリアはほっと笑顔になった。

皆で産まれたばかりの子牛を眺めていたら昼になり、屋敷に戻って軽めの料理で胃を満たした。食休みをしつつ外を眺めていると馬が屋敷にやってくるのが見えた。

「いいなあ、馬。乗りたいなあ馬」

一度乗ったが、基礎知識すら危ういカレンにとって馬は危険な移動手段だ。残念がっていると「乗ればいいではありませんの。苦手でしたら教えて差し上げてもよろしくてよ」と、ヴィクトリアが声をかけてきた。

「え……ヴィクトリア様は馬に乗れるんですか⁉」

「留学中に乗馬は覚えました。移動手段が馬しかない国もありましたから」

「教えてください！」

勢い込んで頼んだら午後の予定が乗馬になった。さすがに貴族令嬢を同行させるわけにもいかず、面子は先生であるヴィクトリア、生徒のカレンとグレースの三人に絞られた。

ちなみに乗馬用の服はエリザベータが用意してくれた。親切で口の堅い副侍女長は、使わない服が収納されている部屋から三人の体に合う乗馬服を発掘してくれた。

（有能！　優しい！　エリザベータさん最高！　私の目指す侍女の姿！　使用人の鑑(かがみ)!!）

さっそく乗馬服に着替えたカレンは、感動に打ち震えていた。

「……すごいですわね。見るからに警戒していたエリザベータが、カレンのダダ漏れの好意にどんどん毒っ気を抜かれていってますわよ」

「エリザベータさんはずっと慎み深く思慮深く、口も堅く、素晴らしい侍女です!!」

カレンの乗馬服だって、侍女という立場を考えて一番質素なものを選んでくれている。

「この配慮……私が見習うべき侍女の鑑です……!!」

「カレンは前向きね」

なぜだかグレースにまで呆れられてしまった。前向きではなく真実です、そう言い返そうとしたカレンは、乗馬服姿のグレースによろめいた。

（似合う、なんてものじゃないわ！　細い体にぴたりと合った服――危うい！　この、少年とも少女とも形容しがたい雰囲気！）

「ヴィクトリアさ――」

振り向いたカレンは、次いで目にしたゴージャスなヴィクトリアに言葉を呑(の)み込んだ。魅惑的な肢体に乗馬服は、もうそれだけで反則だった。凛々(りり)しさと華やかさの同居だ。着飾らなくても美しい人は、カレンを見てにっこりと微笑んだ。

「カレンの乗馬服、とても似合いますわね」

「と……とんでもございません」

むしろ似合うのはあなた様のほうです。カレンは心の中で訴えた。

もっとも、平和だったのはそこまでだった。ヴィクトリアは思った以上にスパルタで、馬の扱いはもちろんのこと、乗る前の礼儀や乗馬の最中の姿勢、乗馬が終わったあとの世話まで、四時間みっちり叩き込まれた。

「今日教えたことは基本中の基本ですわよ。では続けて応用編を」

「ま、待ってください！　休憩しましょう！　飲み物とクッキーを、当代一のできる侍女・エリザベータさんが用意してくれたんです！」

「あら、そうでしたの」

足をぷるぷるさせるグレースを守るようにカレンが訴えると、ヴィクトリアがちょっと残念そうにしながらも納得してくれた。水を与えた馬の体を藁で軽く拭いたあと柵に繋ぎ、カレンたちは木陰に移動した。草の上に座ると、ちょうど厩舎が見えた。

「中に牛がいるようですわね」

「出荷前の牛だと思います。時期によって与える飼料が違うので、ああして調整しているんです。……正直、ここで子牛を産ませているとは思いませんでした」

「わたくしてっきり子牛の購入費をケチっているのかと思いましたわ」

ヴィクトリアの言葉に苦笑しつつ、カレンはカップに水をそそいでグレースに渡す。同じようにヴィクトリアにも水を渡し、クッキーをすすめた。

ほのかに甘い水は柑橘系の香りがついていて、さっぱりと飲みやすかった。

（さすが、エリザベータさん！　この配慮！　完璧です……!!）

常温でもおいしい水にカレンは感動する。バターをたっぷり使ったクッキーも疲労した体には嬉しい。気に入ったらしいグレースがほくほくと食べている姿は小動物みたいで癒やされて、胃袋も気持ちも満たされる。

辺りを見回して誰もいないことを確認し、カレンはグレースの髪に触れ、驚く彼女からカツラを取り去った。現れたのは、目をまん丸にする愛らしい少年だった。

「な、な、なにをするんですか、カレンさん……!?」

真っ赤だ。素のグレースは、控えめで心配性で、とても責任感が強く、亡き王女との約束を守り愛する民を救うため、未来ごと自分のすべてを捧げる人だった。

こんなときくらい、自由でいてもいいと思う。

「――ずっとカツラをつけてると、毛根が死にますよ」

「!?」

はっと頭を押さえたグレースに笑顔を向け、見開かれた紫の瞳を覗き込む。

「少しだけです。あまり気が張っていると疲れてしまいますから」

「……カレンさん」

「それに、ここには私たちだけで──」

そこまで言ってはっとした。目をきらめかせるヴィクトリアが視界に入ってきたからだ。

「いやあん！　本当にかわいらしいですわね！　ヒューゴ様が周りの反対を押し切ってグレース様を王妃に迎えたのも致し方ありませんわ！」

弾む声とともにヴィクトリアがグレースに抱きついた。グレースが小さく悲鳴をあげ、助けを求めて両手をかすかに振り回す。

「ヴィクトリア様！　お気持ちは痛いほどわかりますが落ち着いてください！　気道確保！　グレース様がまた窒息しますから!!　ヴィクトリア様のお胸は凶器ですから！」

なんとか引き剥がして保護すると、衝撃のあまりグレースがカレンにしがみついてぶるぶると震えていた。赤面して涙を浮かべ怯える姿も愛らしいが、今はグレースの反応に萌えている場合ではない。飛びかからんばかりに興奮するヴィクトリアを押しとどめるのが先だ。

「もう、カレンったら！　独り占めはずるいですわよ！」

「見るだけにしてください。ヴィクトリア様は過激なんです」

「まあ」

手を頬にあて、ちょっと不満そうにヴィクトリアが唇を尖らせる。それを見て、グレースが戸惑いの表情を浮かべた。

「気持ち悪くないですか？　僕がこんな格好をしていて……」

「とんでもありませんわ。リュクタルでは……皇子が遊学に来るという彼の国では、貴人は美しくあれという教えがあり、皆、華々しく着飾るのがしきたりですの。女性の装いが美しく見えるなら平気で女物の服を着ますのよ」

ずいぶん個性的だ。リュクタルの皇子はそろそろ王城に着いている頃だろうか。それともヒューゴがうまく追い返しただろうか。今ごろ、彼は——。

(だ、だめだわ。別に会いたいわけじゃなくて、ただ宰相さんも静養中で、きっと陛下もお仕事が忙しくて、だから無茶をしてるんじゃないかと心配で……!!)

ヒューゴのことを思い出してぎゅっと唇を噛んでいるとグレースに腕をつかまれた。涙目で見つめてきたグレースが不安げに口を開く。

「カレンも、気持ち悪くないですか?」

上目遣いで尋ねられてカレンはグレースの手を握りしめた。

「も、も、もちろんです……!!」

「二人だけでずるいですわ!」

ヴィクトリアが勢いよく割り込んできて、その勢いで三人は草の上に倒れ込んだ。

カレンはぎょっとしたが、グレースは楽しそうにくすくすと笑い出していた。王妃としての彼女はいつも気を張っていて、こうして楽しそうに笑うことは滅多にない。

(わあ、グレース様の笑顔ってなごむ)

ヴィクトリアも同じ感想を抱いたらしく、「あらまあ」と声をあげている。

そうしてゆったりと午後を過ごし、グレースの身支度を整えたあと和気藹々と屋敷に戻ると、建物全体が異様な興奮に包まれていた。

なにより気になったのは、屋敷の前に駐まっている二十台近い馬車だ。黒塗りでいかにも高価そうな馬車に毛艶のいい馬。間違いなく金持ちが来訪している。

長い布を体に巻くようにまとう浅黒い肌の男たちが遠目に確認できた。はじめて見る衣装だ。貴族ではなく旅芸人だろうか。それにしては、馬車の数といいまとう装束が高価そうなところといい、違和感が強い。

「誰がいらっしゃったんですか？」

カレンが馬番に手綱を渡しながら尋ねていると、ヴィクトリアがいきなり馬首を返した。

「わたくし、帰りますわ！」

「ヴィクトリア様？　か、帰るって、どこに⁉」

止める間もなくヴィクトリアが馬の腹を蹴った。

「ロザリアーナたちに伝えてください！　ごきげんよう、皆様！」

脱兎のごとく逃げ出すヴィクトリアを、カレンはグレースとともに茫然と見送った。

「な……なんなの……」

「なんでしょうね、あの反応」

さっぱり意味がわからない。大事な馬が行ってしまったのを見てオロオロする馬番に「あとで返してくださるから大丈夫です」と安心させて馬を引き渡す。

「とりあえず屋敷に戻りましょう」

グレースに言われてカレンはうなずく。慣れない馬上で叫び、ヴィクトリアと戯れて笑い、ずいぶんとグレースはすっきりした顔をしていた。

(また気晴らしにこういうことができるといいんだけど)

グレースの機嫌がいいと、自然とカレンの機嫌もあがってくる。しずしずとあとをついて歩くが、口元がゆるんでしまいそうになる。

が、それも屋敷に着く前までだった。

(……旅芸人とか貴族とかそういう部類じゃなくて、この人たちはなんていうか、もっと違うなにかのような……?)

濃紺の生地に金糸銀糸、赤などの光沢のある糸で派手な刺繍をほどこした衣装もさることながら、褐色の肌に白い髪というのが強烈だ。瞳は黒く、角度によって灰色に輝く。誰も彼もが彫りが深く目が吊り上がり気味なのも人種の違いを印象づける。

付き人らしき男は十五人ほどいて、体のラインを強調する長いスカートに薄手の上着を着る褐色の美女が五人、護衛らしき漆黒の長衣をまとう男が十人、さらに白くのっぺりとした仮面をつけた男が一人いる。

とくに仮面の男の異様さが目についた。護衛はそれぞれに体格がいいが、仮面の男はそれに加えて長身で、反り返った独特の形状の剣を腰から下げていたのだ。

（なにあれ不気味！　耳飾りが血みたい！　っていうか、これってまさか、ヴィクトリア様が言ってたクズ皇子のご一行様……⁉）

カレンは慌ててグレースの腕を引く。裏口からこっそりと屋敷の中に入り、ロザリアーナにヴィクトリアが逃走したことを伝え、カレンたちもさっさと引き上げるのが上策だ。

（宰相さんの様子はその都度確認するようにして、とにかくここから離脱！）

「グレース様、こちらに――」

「おお！」

足を踏み出したとき、声がした。やや高めの男の声だ。

直後、長身でひときわ派手な装束の男が駆け寄ってきた。金の首飾りと耳飾りは金剛石でギラギラで、大粒の金剛石がはめられた指輪をいくつもつけている。褐色の肌に銀に近い白い髪、灰色を帯びた黒い瞳は他の者たちと同じなのに、表情が豊かで動きがやや大げさに見える。

男は右手を胸に添えてぐんっと体を反らした。

「そなたがラ・フォーラス王国の王妃か！　お初にお目にかかる。余はカシャ・アグラハム。リュクタルの皇太子候補なるぞ！」

――予想以上に面倒くさそうな人が来た。

第三章　皇子は残念キャラのようですよ！

1

「リュクタルの皇太子候補？」

足を止めたグレースが、派手な男——カシャ・アグラハムにまっすぐ向き直った。が、正直、全身に宝石をまとってケバケバしくて直視に耐えがたい。

赤い耳飾りにカレンが困惑していると、グレースがすうっと目を細めた。

（うわあ、皇太子候補と護衛がおそろいの耳飾りって意味深。まさか薔薇伯（同性愛者）——って、グレース様！　お顔に「なにこの男？」って出てらっしゃいます！）

「うむ。ところで、ヴィクトリアは？」

しかし、リュクタルの皇太子候補は、不審者を見るグレースの視線に気づかないようで、きょろきょろと辺りを見回している。「ここにいると聞いてきたのだが」と、重ねて尋ねた。

グレースの眉（まゆ）がぎゅっと寄せられた。どう答えようか考える表情だ。

「……ここにはいないわ」

「嘘を申すな。余に嘘は通じぬぞ」

「――あなたに会いたくないから逃げたのよ」

「恥じらう姿もまた一興。会えぬ時間が愛を育むのだな」

ふっと微笑み、一人納得している。嘘は通じないと言っておきながら、信じたくない言葉は自在にねじ曲げてしまうらしい。しかも、呆れるほど前向きな方向に。明らかに見当違いな発言をしているのに、付き人が誰一人として皇子をいさめようとしないのが驚きだ。

（……ちょっと待ってこのバカ皇子……じゃない、リュクタルの皇太子候補！　よく見たら化粧をしていない？　柳眉よ、柳眉！）

手入れされた細い眉に目元にさされた紅、きめの細かい肌は張りがあり、唇もツヤツヤだ。他の者たちとは髪の輝きも違う。爪もなにか塗られているらしくてキラキラしていた。

（リュクタルの貴人恐ろしいわ！　男でこの手入れって！）

女性はどれほど気を使わなければならないのかとカレンは震える。目が合うとカシャが半眼になった。カレンを見る眼差しは、ゴミクズに向けられるものだった。

（うわあ、露骨）

ヴィクトリアを追いかけて異国まで来るほど目の肥えた男なので、カレンに興味がないのはもっともだ。だが、それにしても配慮がなさすぎる。

「月の石、夜の妖精、この美しき女性に会えるようヴィクトリアが余を導いてくれたのだな。

確か、名はグレースと言ったか」

品定めする不敬な眼差しをグレースに向け、カシャは好色に笑って手を伸ばしてきた。

(ヴィクトリア様がいないからグレース様に標的を変えた……!? 気が多すぎない!?)

カレンはとっさにグレースの前に出てカシャを真正面から見つめた。

刹那、ふっと頬に風を感じた。

(え……?)

こくりとつばを飲み込んで視線を落とす。幾重にも重なるような独特の刃紋を持つ漆黒の刃――反り返った剣の切っ先がカレンの喉元に突き立てられていた。剣を握るのは仮面の護衛だ。長身であるため目の前に立たれるだけで圧迫感があるのに殺気までまとっている。

(他は誰も動いてないのにこの護衛……っ)

独断で動く権利を与えられているのなら、仮面の男がカシャの一番信頼する護衛なのだろう。

白い仮面とは対照的な、鮮やかに赤い耳飾りが血のように揺れる。

「退け、醜女。余は美しい女以外、女とは認めぬ。退かねばハサクが喉を引き裂くぞ」

警告を口にしたのは楽しげに笑うカシャだ。カレンは仮面の男を睨みつつ眉をひそめた。

(醜女って失礼すぎない!? 確かにグレース様みたいに美しくもないし、ヴィクトリア様みたいに魅力的でもないけど! い、意地でもどいてやらないんだから!)

怒りに反骨精神をむき出しにしながらも、カレンは感情の一切を隠して侍女らしく粛々と口を開いた。

「どきません。この方はグレース・ラ・ローバーツ様で、古都の姫にしてラ・フォーラス王国王妃であり、わたくしの主でございます。わたくしには彼女を守る責務がございます。たとえ相手がリュクタルの皇子殿下であらせられてもしたがうわけにはまいりません」

「――死ぬというのにどかぬか」

「ここで侍女一人を殺して満足されるほど、リュクタルの王は器が小さくてよいとおっしゃるのなら」

カシャはきょとんと目を見開いてから弾けるように笑った。見た目が華やかな男がそうして笑うと、体中にまとう宝石まで陽光に輝いて、キラキラどころがギラギラだった。

「なるほど、王が狭量では困るな。頭の悪い男を退けるには、イヤミの利いたいい返しではないか」

（じ、じ、自分で頭悪いって認めた……!?）

そこは普通に怒っていいところだ。カレンが狼狽えていると、それが面白かったのかカシャの笑みが一段と深くなる。緊張に身構えていた護衛たちが毒気を抜かれるほどの爆笑だ。

「さすが王国よのお。なかなかよい女をはべらせておる。そなた、グレースとともに余のもとに来るか？」

笑みを収めたカシャは、呆気にとられるカレンを見て狡猾に目を細めた。

「美しい女は目を楽しませるが、そなたのような女は征服欲を満たしてくれる。どちらも実に余の好みよ」

（じょ、冗談じゃない！　こんな、誰彼構わず口説く男！）

「――お戯れを。わたくしは一介の侍女で、すでに主を決めた身でございます」

「その主ごともらい受けると言っておるのだ。光栄に思うがよい」

断言するカシャの笑顔は後光が見えそうなくらい輝いている。自分の発言がいかにズレているか、やっぱり自覚がないらしい。

「さあ」

カシャの手が伸びてきた。相手は貴人。しかも他国の皇族だ。腕をつかまれたら無下に振り払うわけにはいかない。

カレンはさっとカシャをよけた。

「む」

再び右手が伸びてきた。それを素早く左によけた。

「むむ」

今度は両手が同時に伸びてきた。カレンはグレースを庇いつつ、さっと後退した。

「むむむむ。そなた、余から逃げる気か」

「滅相もございません」

じりじりと後退したカレンは、表情だけは侍女らしくきっちり上品に整えて答える。カシャのお付きが驚愕（きょうがく）の眼差しを向けてきたが、今はそれどころではなかった。

「素直に余のものに――」

「ならん」

声がしたと思ったら、横から伸びてきた腕に抱き寄せられた。すっぽりとグレースごと熱に包まれて、カレンは慌てて視線を上げた。

（う、わ……っ!!）

カレンたちを抱きしめてカシャを睨んでいるのは、グレースの夫でありラ・フォーラス王国の王、ヒューゴ・ラ・ローバーツだった。なぜこんなところに、そう思うより先に、「もう大丈夫」と思ってしまった自分に狼狽えた。

「カシャ殿、カレンはグレースの大切な侍女だ。手を出すのはやめていただきたい」

「王直々の頼みか。……ふむ」

顎（あご）に手をやって思案したあと、カシャはにんまりと笑った。引っかかる笑い方に体を強（こわ）ばらせると、なだめるようにヒューゴがそっとカレンの肩を撫（な）でてきた。

（へ、陛下、近い！　近すぎます！）

とっさに身じろぐが、ヒューゴはカレンを解放しようとしない。伝わる熱にカレンの頬がだんだんと熱くなる。このままだと速くなる鼓動に気づかれてしまう。

涙目で立ち尽くすカレンを救ったのは、いち早くわれに返ったグレースだった。ヒューゴの腕から抜け出すと、素早く背中にカレンを匿ってくれたのだ。

(落ち着いて、私！　陛下は既婚者！　グレース様の夫！　でも私、この人に求婚されてるんだった――!!)

求められたら逃げられない。そんな事実をヴィクトリアから伝えられているせいか、緊張と混乱でがちがちになってしまう。

「私の侍女はカレンだけです。いないと不自由なので誰にも譲る気はありません。誰にも、です。お忘れのなきよう」

カシャに言ったものかと思ったら、最後はヒューゴに向けた言葉になっていた。ほほう、と、カシャがますます意味深に笑っていて心臓が痛い。女好きなこの皇子、実は意外と察しがいいのではないか――そう疑わずにはいられない。

「それより、ギルバートから許可が出た。しばらくのあいだ、滞在して構わないとのことだ」

咳払いしたヒューゴが、カシャに思いがけないことを告げる。

(……え？　ここに滞在するの？　この人たちが!?)

カレンは愕然とする。さすがにグレースも動揺したらしく眉をひそめていた。

「では、私たちは……」

「もちろん、そなたたちも引き続き滞在するのであろう？　余が来たから出ていくなど、まるで余がそなたたちを追いだしたようで心が痛む」

先手必勝とばかりにカシャがグレースの言葉を遮った。「不愉快というのなら、馬小屋にでも泊まるので気にする必要などないぞ」と、とどめまで刺してきた。

この皇子、非常に面倒だ。

「……こちらこそ、ご不快でなければこのまま滞在を続けようと思います」

グレースが折れた。ならば、できる限りカシャとの接点を減らすよう行動する必要がある。なんだかトラブルのにおいしかしないのだから。

カレンが蒼白になると、ヒューゴが「俺も」と声をあげた。

「しばらくこちらに滞在することにした」

――トラブルのにおいがますます濃くなったことに、カレンはそっと目頭を押さえた。

2

「すでに告げてあるが、余はカシャ・アグラハム。リュクタルの皇太子候補、十人のうちの一人である」

屋敷の前から応接室へ移動すると、カシャはソファーに腰かけ言い放った。

（人材不足なのかなあ）

カレンはひっそり同情する。

リュクタルはもともと石炭を輸出しており、金剛石の鉱山を掘り当てたとかでここ十年ほどで急速に存在感を強めた国だ。世界に出回る金剛石の七割は彼の国のものだという。ラ・フォーラス王国は宝石とともに花にも価値を見いだす国なので、金剛石を珍重する貴族が多くいると同時に生花をこよなく愛する貴族も多く存在する。普遍ではない美——移ろいゆく美しさにこそ価値を見いだす人々に感化され、カレンも花に魅了されはじめた一人だ。

そのせいか、質素なソファーに大仰に腰かけるギラギラ皇子は、なんとも下品——もとい、ケバケバしく見えてしまう。指を動かせば指輪が、体を動かせば服と全身にまとう宝飾品が、光を弾いて眼球を攻めてくる。

(普段からこの格好なの？　常時宝石をひけらかしてるの？)

装飾品の保管は侍女の仕事だ。同じ侍女として同情せずにはいられない。

「仮面の護衛はハサクという。無口な男だが腕はよい。余が市中より見いだした、余の専属の護衛よ」

適度に鍛えているのか引き締まった体をしているカシャと違い、ハサクはいかにも武人らしくがっしりとした体格が目についた。

(白髪って国民性なのかな。同じに見えるけど、ちょっとずつ色が違う)

カシャとハサクは銀に近い白髪だが、部屋の隅で控えている侍女らしき女は明るい白だった。

肌の色も瞳の色も他の者と比べて少し明るい。中年になると完全に白くなるようで、侍従や護衛の中には白髪も多かった。

仮面のせいでハサクの表情は見えないが、ぴりぴりとした空気が伝わってきた。

「そこな女人はビャッカという。母上の世話係で、遊学の際に余の世話係に〝栄転〟となった。母上の所有物とあって、なにかと使い勝手がよく重宝しておる」

「よろしくお願いいたします」

重ねた手で胸を軽く押さえたビャッカが、目を伏せ柔らかく会釈する。見慣れないあいさつだが、動きが優雅で上品なうえ発音も完璧だった。説明からしてビャッカが筆頭侍女で、宝石の管理を任された不幸な女性なのだろう。

「侍従長はセイランと言って、遊学した余を追ってきた物好きよ。護衛団長は幼少の頃に剣術の師であったラカナ。――ふむ。全員紹介するにはちと多いか」

困惑の眼差しを向けられていることに気づき、カシャが口を閉じる。「後ほどお伺いいたします」と応えたのはギルバートだった。

「私はギルバート・クルス・クレスと申します。今は王領の管理をしながらのんびりと暮らすしがない老人です。なにもないところですがおくつろぎいただければと……必要なものがございましたら、なんなりとお申し付けください」

「ふむ。では、美しい娘を十人ほど――」

そこまで言ったカシャは、渋面になるギルバートを見て笑った。

「冗談だ。余は与えられたものでは満足できぬ。やはり美しい娘は自分で狩ってこそ価値があるというもの」

〝冗談〟の言葉にゆるんだギルバートの顔が瞬く間に強ばっていく。こんないかにも堅物そうな相手に対しても、異国の皇子はマイペースを貫くつもりらしい。

（やっぱりダメ皇子）

グレースを口説いたときや、カレンを挑発したときに、いさめる立場にいるはずの従僕たちが一切口を挟まなかったのも納得だ。もう彼らは主の暴走に疲れ果てていたのだろう。

「……それで、陛下まで滞在というのは」

カシャと話すのを放棄したギルバートがヒューゴに視線を移す。広い応接室には今、ヒューゴと一緒のソファーにグレースが腰かけ、その斜め横の椅子にギルバートが、ヒューゴの正面にカシャが座る形になっていた。カレンはすぐに動けるようにグレースから近い壁際に、ハサクという仮面の護衛はカシャのすぐ後ろ、ビャッカはちょうどカレンとは対角線上の壁に立っていた。屋敷側の使用人がいないのはギルバートの配慮だろう。

（侍女がいなくてよかったわ。見初められたら大変なことになりそう）

知らない土地に連れていかれ、後宮という名の牢獄に入れられるに違いない。異国から来た娘なんて間違いなく悪目立ちする。苦労するのが目に見えていた。

（それにしても、リュクタルって美形が多いのかしら）

カシャは化粧をしても違和感がないほどの美形で、ビャッカは鼻筋が通って目元も涼しげな美人で、艶（あで）やかな唇が煽情的（せんじょうてき）なうえに体のラインを強調する独特の民族衣装が大変よく似合って魅力的な女性だった。カレンのことを「醜女」と切り捨てたカシャの気持ちがちょっとだけ理解できてしまうのが切ない。

「……領内視察だ」

長い足を持てあまし気味に組み替えたヒューゴが、滞在する理由を訊（き）いてきたギルバートに重々しく言い放った。

（こ、この人、今、言い訳を考えた……!!）

もったいぶった変な間と神妙な表情――間違いない。カレンが当惑の眼差しを向けていると、視線を感じたのかヒューゴが振り返った。節くれだった男らしい人差し指を「黙っていろよ」と言わんばかりに唇にあてる。

（ぎゃああああああ）

だめだ。こんなささいな行動ですら口づけを思い出してしまう。とある事件で倒れたカレンに、ヒューゴは救助のために人工呼吸をほどこした。花章（かしょう）のときだって、キスされかけた。あの唇に、あの熱に、すべてを奪われそうになって――。

カレンは目を閉じ、胸に手をあてる。意識してはだめだと思うほど意識してしまう。

動揺を鎮めてから顔を上げると、ヒューゴはすでに話に戻っていた。

「就任してからギルバートに王領の管理を任せきりだったからな」

「この一帯は肥育地ですが、南部には農地もあります。今年は麦を中心に豊作と報告が入っています。近く開かれる収穫祭をご覧いただけると領民も喜ぶでしょう」

さすができた重鎮である。ギルバートはそつなく返し、ヒューゴを歓迎した。

それからお茶が出て、しばらく歓談して――といっても、カシャが「貴人は美しくあるべき」と母国の持論を展開させてヒューゴを閉口させていただけだが――間もなく簡単な顔合わせは解散となった。


客間に戻るなり、グレースはクッションでソファーをバンバン叩きだした。

（ああ、鬱憤が溜まってらっしゃる）

人の話をちっとも聞かない男が貴人で皇太子候補で、しかもしばらく同じ屋根の下というのはグレースにとって相当なストレスらしい。

（私がしっかりしないと！）

カレンが気を引き締めていると、しばらくしてからヒューゴが部屋に入ってきて、いきなり肩をつかまれた。

「あの男になにもされてないな⁉　怪我は⁉　痛いところはないか⁉」

「だ、大丈夫です」

仮面の男——ハサクに剣を突きつけられたことを心配してくれているらしい。人目があったので問い詰めるのを控えていたのは、彼なりの配慮だったのだろう。

「本当か？」

顎を持ち上げられて顔が近づいてくる。ひっとカレンが小さく声をあげると、ヒューゴが目を瞬いてから楽しげに微笑んできた。

「なんだ、意識しているのか？」

「し、しておりません……っ」

「だったら——」

「妻のいる前で侍女を口説かないでください」

身じろぐカレンを素早く奪い取ったグレースは、代わりにクッションをヒューゴに押しつけた。反射的にクッションを受け取ったヒューゴは、おとなしくそれを抱きしめてソファーに腰を下ろした。

体が大きく猛々しい人がそうしていると、ギャップに動悸が激しくなってしまう。

（そういうかわいい仕草はしないでください……‼）

顔をそむけるカレンを見て、グレースは険しい表情をヒューゴに向けた。

「ヒューゴ様はお仕事が溜まっていらっしゃったのでは？」

「だからといってあんなのを放置しておくわけにはいかないだろう。領地の視察もしていなかったし、レオネルのことも気になったし、いい機会だった」

やや遅れて客室に来たのは、レオネルの見舞いに行っていたからのようだ。

（それにしても、他国の皇子を〝あんなの〟呼ばわりは……気持ちはわかるけど）

カレンはちらりとヒューゴの顔をうかがい見る。納得がいかないグレースが、ヒューゴの正面のソファーに腰かけて顔をしかめた。

「〝あんなの〟は追い返せばよかったのに」

「将来はリュクタルの皇帝になるかもしれない皇子だ。無下にはできない」

「だからといって、あなたが同行する必要がどこに？」

グレースの刺々しい物言いにヒューゴの目が据わった。

「そう思うだろう。実際俺も甘く見ていた。いろいろ噂は聞いていたが、派手であればあるほど面白いから、噂というものはとかく大げさになる。だから俺は話半分に聞いていた。だが、出迎えたらどうだ？　なにをどうやったか知らんがあの皇子、半日王城にいただけで貴族の令嬢を十人も部屋に連れ込んだんだぞ」

「十人……!?」

グレースが身震いした。カレンも思わず自分の体を抱きしめた。

ヒューゴががっくりと肩を落とす。疲れた顔だ。

「ただのクズなら追い出すが、城に来る前に宝石商との商談をいくつか取り結んでいる。どれも五年以上の大型契約だ。金剛石の加工技術向上のために機械と技術者を派遣するという申し出もあった。——国としては、歓待せざるを得ない」

「だ、だとしても、私たちがここにいることをわざわざ伝える必要があったの？」

「伝えてない。不在だと言ったら勝手に所在を突き止めたんだ。先触れもなくヴィクトリアに会いに行くと言うから早馬をやって、俺も馬車に同乗した」

「……行動力のあるバカほど厄介なものはないわね」

「まったくだ」

ヒューゴとグレースがこの世の終わりみたいな顔でうなずき合っている。

「急ぎの書類だけこちらに運ぶよう近衛兵長に伝えてある。カシャ殿が滞在するあいだは俺もそばにいたほうがお前たちも安全だろうからな」

「……既婚者にも手を出すの？」

「俺たちとは倫理観が違うと考えたほうがいい。リュクタルには後宮があるし、一般人でも重婚が認められている」

人妻を口説くことにまったく抵抗がないのだ。母国の考えで動いている感性が恐ろしい。

「美しい女は口説かないと失礼にあたるとも言っていたな」

「あ、あんなのにずっと追いかけ回されるの……!?」

よろめいたグレースをカレンがとっさに抱きとめると、青ざめた彼女はカレンの胸に顔をうずめたまま本心を吐き出した。気持ちがわかりすぎてうなずくしかない。

「悪夢ですね」

腰を浮かせたヒューゴが、カレンとグレースの頭を大きな手で撫でた。

「他国の王妃に手を出すのがどれほど愚かなことか、まっとうな感性を持っているなら簡単に理解できるだろう。だが、アレにはその辺りの認識が見事なほど欠落している。だからお前たちが王領に行っているのは幸いだと思ったんだが」

それでも嗅ぎつけられてしまった。

カレンは恐る恐る質問をした。

「もし仮に、グレース様がリュクタルの皇子のものになったら」

「戦争だな。顔に泥を塗られて黙っているわけにはいかない」

「皇子は感性が壊れてらっしゃるんですね」

男と気づかれるよりもっと恐ろしいことがあるなんて考えもしなかった。

(なんとしてもグレース様をお守りしなくては……!!)

グレースのため、ひいてはラ・フォーラス王国のため、カレンは決意を新たにする。

もっとも、リュクタルの皇太子候補は、そんなカレンの決意を簡単に蹴散らしてしまうのだが。

夜は変な食事が出た。

リュクタルの料理人が祖国の貴重な調味料を使ったらしいのだが、肉料理は刺激の強い香辛料で味付けされ、野菜はどれもすっぱかった。マズいというわけではないのだが、とにかく食べ慣れなくて戸惑った。添えられた酒も癖が強くてにおいがきつい。

だが、個性的な肉料理に合わせると、意外と悪くなかった。

デザートにはぶにぶにとした奇っ怪な食感の白いものが果物と一緒に出てきた。甘酸っぱくて、これも思ったより悪くなかった。

が、黙々と食べていたのはヒューゴだけで、グレースもギルバートも、ほとんど食が進んでいなかった。客室に戻ると、同じ食事が提供されていたらしいカレンが「変な味でしたけどおいしかったです」と、目をキラキラさせていた。思わず口がほころんでしまった。

食休みのあと浴室に行ったら、カシャとハサクにばったり会った。リュクタルでは、入浴に同行するのは護衛が一人と決まっているらしい。だから、供を連れずに浴室に向かったヒューゴに驚かれてしまった。

「まるで歴戦の強者（つわもの）のような体よのう」

古傷のあるヒューゴの体を見てカシャが感心した。対するカシャも、なかなかに鍛えられた体をしていた。着飾って誤魔化されていたが胸板は厚く、腕も適度な筋肉でおおわれて、足腰も、いかにも鍛えられた男のそれだった。

「カシャ殿も、鍛錬を？」

「うむ」

「リュクタルは紛争も戦争もなく、平和な国だと聞いているが」

「……近隣諸国とはうまくやっておる。なにせ余の国が産出しているのは金剛石だからな。金は湯水のごとく湧き出て、それを軍備に転用するのは当然のことよ」

「近隣諸国など敵ではない、と？」

「然り」

「だったらなおさら体を鍛える必要はないだろう」

ヒューゴの指摘にカシャは小さく笑った。

「最近はハサクが手合わせをしてくれているのだ。見よ、ハサクを。女人が好む体だと思わぬか」

カシャの行動を鑑みるに一番しっくりと馴染む答えだ。しかし、彼ならそんなことをしなくとも女が寄ってくるだろう。皇子というだけでも注目されるのに、今は大国の皇太子候補という付加価値がついている。しかも彼は男にしては美しく、人が自然と注目してしまう類の華やかさを持っている。

もっとも、その華やかさなど通じない者たちも実際にいるわけだが。

「美しい体だ。だから傷をつけないよう命じてある。これは、余の体でもあるからな」

たくましいハサクの体に手を添えて、カシャは楽しげに声を弾ませる。返答に困るカシャの言葉にヒューゴは口をつぐむ。

二人の耳で、赤い耳飾りがゆらりと揺れる。同じ耳飾りをしているというのは、所有物である証か、なにか特別な関係なのか。

妖しい思考を打ち消すように咳払いをし、ヒューゴは話題を変えた。

「なぜ彼は仮面を？」

「うむ。恥ずかしがり屋なのだ」

「……なるほど」

さすがに入浴中までつけっぱなしなのは不自然だ。これにもなにか意味があるのかもしれない。主に倣っておとなしく湯船に浸かるハサクをちらりと見てからカシャに視線を戻す。

「一言もしゃべらないな」

ヒューゴの言葉を聞きながら、カシャは両手を組んでぐっとのびをした。しなやかに体が反り返る。全身を飾り立てなくても、やはり彼には独特の華がある。女が持つものとは違う、彼特有の華だった。

「寡黙な男のほうがもてるであろう」

「なるほど」

うなずくヒューゴと、「ふふっ」と笑うカシャ、無反応のハサク。変な組み合わせだ。誤魔化されたと知りながら適当に肯定していたら、にやっとカシャが口元を歪めた。

「そなたもなかなか面白い男よの。カレンという侍女も実に興味深い。ああ、グレースは別格か。あの美貌、数年もすれば大陸中にとどろくぞ」

「――グレースは俺の妻だ」

ヒューゴの訴えに、異国の皇子は艶やかに笑った。褐色の肌が湯の中で揺らめいて、人ではない別の生き物のようだった。

「盗られたくなくば捕まえておけ。捕まえられないのなら、そなたはそれだけの男ということ。美しき蝶をとどめるのは苦労するものよ」

「選択権は蝶にこそあると？」

「まさしく」

権力でも財力でもないのだと傲慢に笑う男は、確かに奇妙な魅力を持っていた。これはなかなか面倒な男だ。焦りのようなものを感じてヒューゴが渋面になった。

ヒューゴの地位なら手に入らないものはない。だがそれはあくまでも表面的なもので、心ごと手に入れるのは難しい。

そう自覚するヒューゴを試すようにカシャは笑う。

つかみどころのない会話にのぼせてしまいそうだ。

カシャに断って浴室から出たヒューゴは、適当に体を拭いて寝衣に着替え溜息をついた。

なんだかひどく疲れた。

厨房に顔を出して飲み物を頼むと、料理人たちが驚愕して右往左往しはじめた。

「廊下で待っているから、できたら声をかけてくれ」

「はい！　すぐに！　おい！　陛下にお茶を!!」

客室から呼び鈴で使用人を呼ぶべきだった。料理長の怒鳴り声を聞きつつ、ついつい王城のときのくせで動いてしまったことを反省する。一口サイズに切ったパンにチーズや野菜、干し肉などがのった洒落た軽食を用意した料理長が、客室まで運ぶと言い出した。ヒューゴはトレイを奪い、「茶ぐらい俺にも淹れられる」と伝え、どよめく厨房をあとにした。

以前、頑張って茶を淹れたらものすごくマズいものができてしまった。あれからちょっと勉強したのだ。いそいそと客室に戻ると施錠されていたので、不思議に思いながら鍵を使ってドアを開け、部屋に入る。

「お茶を――」

と、ここまで言って、ヒューゴは口を閉じた。グレースがカレンの手を借りて湯浴みをしている真っ最中だったのだ。なるほど、だから施錠してあったのかと納得した。

真っ赤になったグレースが、背を丸めて体を隠した。

「陛下！　グレース様が湯浴み中です！」

「裸は見慣れている」

「そういう問題ではございません……っ!!」

カレンに諭されたヒューゴは、トレイをテーブルに置いて背を向けるように椅子に腰かけた。

そして、男同士なのになにを恥じらうんだ、と、首をひねる。ひねってからはっとした。

「なぜカレンが見るのはよくて俺がだめなんだ」

「私は侍女だからいいんです」

どういう理屈なのかわからない。

「俺は夫だぞ」

「とにかくだめです」

「……だいたい、グレースは男だ。カレンが男の裸を見るのはいいのか」

普段は女として振る舞っているが、グレースはカレンにとって異性だ。そこら辺を訴えたら「慣れました」と返された。ちょっと声が動揺している。

──男の体に慣れた、ということは。

「では、俺の体も見てみるか」

ほほう、ならばちょっと試してみるか、と、寝衣に手をかけ立ち上がったら悲鳴が聞こえてきた。

「遠慮します……っ」

振り返ると、グレースに寝衣を着せたカレンが真っ赤になっていた。これはなかなか好感触だ。狼狽えているということは、少なくとも彼女は彼を異性として〝意識〟しているということなのだから。

が、悪戯心から素知らぬふりで尋ねてみた。

「なぜだ？　今さら遠慮する必要はないだろう」

「遠慮します——!!」

カレンがグレースを守りつつ後ずさる。

「自分で言うのもなんだが、わりと悪くないと思うぞ。じっくり見たことはないだろう。せっかくだから堪能してみろ」

「悪くなくてもだめです。堪能もしません……!!」

カレンは動転し、グレースは「なにを言い出すんだこの男は」という顔で、二人同時にじりじりと離れていく。そのまま部屋の隅まで追い詰めると、カレンがそっと目を伏せた。

「お、お茶を、淹れてくださるのではないのですか……?」

恥じらいながら尋ねられると、もっと困らせたいという気持ちと、そろそろやめなければという理性が同時に働いた。あまりやり過ぎて警戒されるわけにもいかないので、ヒューゴは「そうだな」とうなずいてテーブルに向かった。背後から小さな吐息が聞こえてきた。

　カレンとグレースは仲がいい。手に手を取って安堵する二人を盗み見て、ヒューゴは複雑な心境になった。

　侍従というには深い関係であることに、果たして二人が気づいているかどうか。

　少し、嫉妬してしまう。

　しかし、嫉妬深い男ほど見苦しいものはない。ヒューゴは割り込みたい気持ちをこらえてお茶の支度に取りかかる。茶葉を入れすぎないように調整し、湯の温度も確認する。不快な音をたてて場の雰囲気を壊さないように気をつけて茶葉が開くのを待つ。

　そろりとカレンたちが近づいてきた。若干怯えている様子が妙にそそる。構いたくて仕方がないのだが、そうするとまた逃げていくので、ヒューゴはぐっと我慢した。

　三人分のお茶を淹れて席に着くと、カレンとグレースが互いの顔を見合わせ、おとなしく席に着いた。獲物を射程に入れた気分だ。機嫌良く茶をすすると、二人も素直にヒューゴにならって茶を飲みはじめた。

「……おいしいわ」

　驚いたようにグレースがつぶやく。カレンも目を丸くしている。特訓の成果が出たようだと、ヒューゴは内心で胸を撫で下ろしながらも当然とばかりに軽食もすすめた。

「これは料理人が作ったのね」

「そのようですね」

「…………」

茶菓子までそろえてお茶なのだと、ヒューゴはかすかに肩を落とした。次なる目標は彼女たちが満足するような菓子作り――王城で時間を見つけては少しずつ特訓をしているが、まだ人に出せるほどでないのが悔やまれる。

「ところでヴィクトリアは？　姿が見えないが」

「皇子の強襲に気づいて逃げ……いえ、先に帰途につかれました。侍女たちが急ぎ荷物を片づけていたので、少しお手伝いをいたしました」

そうか逃げたのか、と、ヒューゴはカレンの言葉に納得する。ヴィクトリアが王城で怯えていた理由が身にしみてわかって頭痛がした。

「カシャ様はどうされていますか」

肩を落として項垂（うなだ）れていると、軽食をつまみながらグレースが尋ねてきた。訊きたくもないが一応は礼儀として確認しておこうということらしい。

「護衛と一緒に入浴中だ。……あの様子では、宣言通りしばらく滞在するんだろうな」

実に気が合うことに、グレースとカレンの顔が同時に引きつった。

ヴィクトリアの居場所を突き止めたカシャが王城を出ようとしたとき、無理にでも同行してよかった。あのまま行かせたら、間違いなくとんでもないことになっていただろう。

「……私たちが先に城に帰るというのは……」

軽食に表情をゆるめたグレースが、思案しつつ口を開く。取り繕っても無駄だと考え、ヒューゴは率直な答えを返した。

「お前たちについていくだろうな、間違いなく」

うわあ、と、カレンの顔が歪む。直後、慌てたように表情を引き締めた。

「城だと多忙すぎてあの男を野放しにすることになる。正直、周囲への被害が多すぎる」

「半日で貴族令嬢を十人ですか」

「グレース、他人事みたいな顔をしているがお前たちも狙われるんだぞ」

グレースとカレンの肩が同時にぎくりと強ばった。

「節操なしを止められる人間が俺以外にいるとは思えない。ならばレオネルが回復するまでここにとどまって仕事をし、目を光らせたほうが安全だ。幸い、やつの無体は側近たちも見ていて協力的だ。……レオネルの復帰が鍵になりそうだが……」

「無理をさせすぎです」

「横領の件が一段落したら、交代でしばらく休暇を与えるつもりだったんだ。まさか、終わったとたんに倒れるとは……」

「気がゆるんだんだと思います。横領が続けば国にとって打撃になるばかりか、陛下の沽券にも関わっていたと宰相さんが言っていました。見逃した責任を感じてらっしゃったんです」

押し黙っていたカレンがぽつんと擁護するのを聞き、ヒューゴは溜息をついた。

「――確かに非がなかったとは言わんが、今回はそれを差し引いても悪質だった。失態は次回に活かせばいい。……とはいえ、レオネルがあれではな」

動けるようになってもすぐに復帰とはいかないだろう。しかし、いないと仕事が回らない。補佐を探そうにも有能な人材はそう簡単に見つかるはずもなく――無意識にカレンを見ていたら、グレースの表情がみるみる険しくなっていった。

「財務省には行かせません」

「わかっている。お前の侍女がカレン一人という状況を鑑みても、財務省に詰めさせるわけにはいかない」

「侍女の仕事に影響がない範囲でなら、お手伝いさせていただきます」

カレンが当然とばかりに快諾した。彼女が財務省室に通うようになって、横領事件は驚異的な速度で解決した。彼女にとっては〝お手伝い〟感覚というのが尋常でないゆえんなのだが、どうやら本人はその点にまったく気づいていないらしい。

つくづく恐ろしい娘だ。彼女の行動で名門貴族が何人も捕まっている事実すら、さして気にも留めていないのだろう。敵にしたら厄介なやつは味方にするに限ると、以前、家畜商が言っていたが、後見人になりたいと申し出る貴族の多さが、評価と脅威の二点からきているのがなんとも愉快だった。

「へ……陛下、なぜそこで笑うんですか？」

「いや。ますますほしくなったと思って」

カレンの体がわずかに強ばり、グレースがそんな彼女を慌てて抱きしめる。あげない、と、グレースからの無言の牽制だ。

さて、どうやって引き剥がそうかな、なんて考えつつお茶を楽しんでいたら、ますますカレンとグレースがくっついた。

「……これはなかなか複雑な……」

すっかり警戒されてしまったヒューゴは、静かに苦笑するのだった。


その夜、浅い眠りに身を委ねていたヒューゴは、奇妙な気配に目を開けた。

見慣れない天蓋付きのベッドに視線を揺らめかせる。腕の中には彼の〝妻〟であるグレースが丸くなって眠っていた。かたくなな姿に苦笑したヒューゴは、時刻を確認するために時計を探す。外はまだ暗く、ランプの小さな明かりだけが部屋をほんのり淡く照らし出していた。

濃い闇の中になにかが動く。

グレースは腕の中にいる。客室は施錠ずみ。出入りできるのは使用人部屋にいるカレンだけ
――の、はずだった。

だが、影は明らかに女のものとは異なる。ヒューゴはとっさにベッドから滑り出て、立てか

けてあった剣を握ると鞘から抜いた。

「なんの用だ？　ここが誰の部屋か知っての狼藉か」

切っ先を向けて尋ねると、影がぴたりと止まった。

「知っているから来たに決まっているではないか。……そうか。夫なのだから同じ部屋にいるのだな。せっかく抜け出してきたのに無駄足……いや、隣は付き人の部屋か！」

僥倖！　と言わんばかりの顔で奥にある使用人部屋に向かうカシャ・アグラハムの肩を、ヒューゴは驚愕とともにつかんだ。

「待て。いろいろおかしいから待て」

「なにもおかしくはあるまい。夜這いはれっきとした文化よ」

「そんな文化は俺の国にはない。今度こんなことをしたら問答無用で斬り捨てるぞ」

相手が他国の皇族だろうが知ったことか。不逞の輩として処分する気でいるヒューゴに、カシャは軽く肩をすくめた。

「ラ・フォーラス王国の人間は頭が固い」

文句を言いながらもドアに向かう。

「どうやって入ってきたんだ？　使用人に鍵を開けさせたのか？」

王の眠る部屋に他者を入れたなら処罰する必要がある。いつも面倒で護衛などつけないが、明日からは誰かに見張らせなくてはならないだろう。

「鍵など造作もない。夜這いに人を呼ぶなど無粋というもの」

カシャの手には針金が持たれていた。呆気にとられるヒューゴに微笑み、カシャはおとなしく部屋から出ていった。

「あ……あんな、賊みたいなマネまでするのか……!?」

鍵をかけ、近くにある棚をドアの前まで移動させてからヒューゴは項垂れた。

また来る気じゃないだろうな、なんて思って恐々としていたら、奥のドアが開いてカレンが顔を覗かせた。

「陛下？　どうかされ、た……っ……!!」

カレンの口が開かれ、声にならない悲鳴をあげる。ん？　と、首をひねってから、いつものように全裸であることを思い出した。

「な、なにか、着てください！」

「窮屈で眠れない」

「着てください――!!」

絶叫されたので、仕方なく寝衣を拾って身につける。

カレンはほっと胸を撫で下ろしてから「なにかあったんですか？」と、うわずった声を必死で抑えながら質問の続きをしてきた。カレンの寝衣は綿で織られ、胸元のリボン以外は飾り気のないシンプルなものだった。髪もお下げだ。堅苦しい雰囲気のメイド服と違ってラフな雰囲気が好ましい。

が、彼女はドアに張り付いたままなかなか近づいてこない。もともと寝衣を他人に見られるのははしたないとされるので致し方ないが、なんとかして使用人部屋から合法的に引きずり出したくてうずうずする。

ヒューゴは軽く咳払いした。

「カシャ・アグラハムが来た」

「……なんのために？」

カレンがちょっと引っ込んだ。見えていた顔が、半分ドアに隠れてしまう。「なんでもない」と返して警戒心をやわらげようかとも思ったが、ここで下手（へた）に嘘をつかないほうがいいと考えて素直に答えた。

「夜這いだそうだ」

カレンが右目まで引っ込んだ。完全に怯えた顔だった。大変そそるが、襲いかかりたいのをぐっとこらえた。

「既婚者どころか、夫がいる寝室に夜這いですか……!?」

「別室にいると思ったんだろう。俺にも客室が用意されているから」

「でも普通、来ませんよね!?」

「道理は通じないと考えたほうがいいようだ。まあ、話し合えば譲歩するだけマシと判断すべきか。……しかし」

ヒューゴはもったいぶって口をつぐむ。カレンの顔が半分出てきた。

「なんですか？」

「――あれで引き下がったとは思えない。一応、簡単に入れないように家具は置いたが、まだ侵入経路は塞ぎ切れていないからな」

「どこですか」

涙目で訊かれて窓を指さす。カレンの顔が青くなる。

「だってここ、二階ですよ？　窓には施錠が」

「あの情熱ならどうにかしてやってくるだろう。使用人部屋に窓は？」

「あります。鍵も、閉めてあります」

「ドアの鍵は開けてきたぞ」

「ひっ」

カレンはぶるぶると震え、そんなふうに怯える彼女を見ているとぞくぞくした。まずいな、と、少し理性が働く。あまり意地悪をすると、癖になりそうだ。

「こっちに来い。一人では心配だ」

「はい」

おとなしく使用人部屋から出てきたカレンに、ヒューゴはぐっと拳を握る。きょろきょろと寝る場所を探しているカレンを手招いて天蓋付きのベッドを指さす。

「……あの……？」

「ソファーでは窮屈だろう。幸いベッドは広い。三人くらいなら問題ない」

「め、滅相もありません……!!」

ぶわっとカレンの顔が赤くなった。動転してろれつが回っていない。ここで気をゆるめて使用人部屋に逃げられてしまっては本末転倒なので、ヒューゴはいたって事務的に口を開いた。

「カシャ・アグラハムは、夜這いは文化とまで言ったんだ。倫理観が違いすぎる。お前に無体を働くことにも躊躇いはないだろう」

実際に使用人部屋に行こうとしたことを思い出し、ヒューゴの表情は自然と険しくなった。意図せず浮かべた表情がよほど切迫して見えたのか、カレンはこくりとつばを飲み込んでベッドの左側に回った。

「逆だ」

ヒューゴが指摘すると、カレンは戸惑いに動きを止めた。カレンが左に寝たらグレースが中央になってしまう。そう言いかけていったん口をつぐみ、改めて告げる。

「カシャが来たとき、隅に寝ているお前だけを連れ出しかねない」

「そ、そこまでヤバいんですかあの人！」

「かなりヤバいな、あれは」

カレンが素で叫んだので、ヒューゴも素直にうなずいた。まあ、物音がすれば起きるから最悪の事態にはならないだろうが、警戒するに越したことはない、というのが本心だ。

「でも、それだとグレース様が隅になって、もしもなにか間違いが起こったら……」

グレースが男とバレるのは非常にまずい。が、ここは「大丈夫だ」とうなずいておいた。

「口でどうこう言っても、カシャ・アグラハムにとってグレースはまだまだ子どもだ。手籠めにするはずがない」

「て……ご、め」

ぶるっとカレンが震えた。美姫と言われるグレースだが、小柄なので幼い印象が強い。ヒューゴが積極的に寝室に通わなくても、お茶会や舞踏会を片っ端から断っていてもそれほど咎められないくらいに周りからは〝子ども〟だと認識されている。

正直、カシャなら関係ない気もしたが、ここはあえて触れずにいた。

カレンは思案し、意を決したようにベッドの右側に回ってそろりと潜り込んだ。

よし、と、ヒューゴはうなずく。ゆるみそうになる口元を引き締めて近づくと、カレンが小さく丸まって眠るグレースを抱きしめていた。

やはり少し嫉妬してしまう。グレースならこんなに容易にカレンに近づける。それが羨ましいと思ってしまう。

ベッドに足をかけて寝衣に触れると「あの」とカレンの声が聞こえてきた。

「脱がないでくださいね」

「眠れない」

「着てください」

よく見れば訴えるカレンの耳が真っ赤だ。肩が小刻みに震えている。今日はここまでかとヒューゴは苦笑して、そっと身を乗り出した。

「了解した、花嫁殿」

耳に直接言葉を送るとカレンの体が強ばった。耳がますます赤い。きっと涙目になっているだろう。無理やり振り向かせたら、貪(むさぼ)りたくなるような表情を見せてくれるに違いない。

楽しくて口元がゆるむ。

ベッドに潜り込み、カレンの体を背中から抱きしめる。体温が高い。鼓動も速い。予期せぬ体勢にカレンがひどく狼狽えているのが伝わってくる。

傷つけたりなどしないのに。

「怖がるな。お前が怯えることはしない」

耳元でささやいて首筋に口づける。かすかに聞こえてきたカレンの声は、驚きだったのか、それとも――。

ぴたりと体を添わせて、ヒューゴは目を閉じた。

・・・・・・・・・・・・・・・・・

密(ひそ)やかに闇の中を動く者がいた。

広い屋敷をつぶさに観察し、なにが自分にとって役に立つか、あるいは障害になるかを影は丁寧に選別していく。

窓辺に寄って耳をすます。

「報告いたします」

響いたのは侍女であるエリザベータの声だ。

「業務に関しての混乱は今のところ見られません。厨房から食材の追加購入の要求と、洗濯女の補充依頼が来ています。客人の馬は第二馬房に、馬車も第二倉庫に収納されています。手入れに数人、臨時の雇用が必要かと」

「わかった」

答えたのは広大な王領を任されているギルバート・クルス・クレス。宮廷医も兼任していた異例の元宰相だ。今は腕のいい獣医としても有名らしい。

「昼間産まれた牛は？」

「順調です。……よく無事に産まれたと、牛飼いたちが驚いていました。取り上げた人間に、ぜひ話を聞きたいと申し出が入っています」

「……取り付けてやってくれ」

「了解いたしました」

表情の一切を消し去っていたエリザベータの顔が、ほんのわずかだけゆるんだ。どうやらギルバートも声色でそれに気づいたらしく、書類から視線をはずしてエリザベータを見た。

思案するように押し黙ってから新たな質問を言葉にする。

「陛下は？」

「快適に過ごされているようです。王妃殿下も今のところご不自由はないようです。ヴィクトリア様は――」

「侍女からあいさつがあったが、屋敷を出ていったらしいな」

「はい。リュクタルの皇子と懇意だったとか」

〝懇意〟の言葉にギルバートが微妙な表情になる。

「レオネル様は先ほど目覚め、食事をされました。医者の話では、数日は安静にするようにとのことです」

「情けない」

憤りが小さく言葉になった。エリザベータはちらりとギルバートを見て報告を続けた。

「使用人が何人か、皇子の客室に消えたそうです」

「ずいぶんと〝交流〟が活発な皇子らしいな。若い娘はしばらく配置を変えるか、休みを与えてくれ。――お前は大丈夫か？」

「問題ございません」

「そうか」

　エリザベータの返答にギルバートが安堵する。

「皇子は語学が堪能ですが、侍女、護衛を含む侍従たちの大半は大陸の言葉があまり理解できないようです。その点、周知徹底させておきます」

「頼む。要望があれば可能な範囲で応えてくれ。判断できなければ私のところに」

「かしこまりました。一つ、問題がございます」

「なんだ？」

「リュクタルの料理人が使う香辛料が手に入らないかもしれません。屋敷の厨房で作る料理では、十分なもてなしは難しいかと」

「できるだけ希望に添えるよう留意してやってくれ。……しかし、意外だったな」

　ギルバートのつぶやきにエリザベータが視線を上げる。

「王妃の侍女だ。花章を受けた女傑（じょけつ）と聞いていたが、会ってみたらずいぶん普通の娘……いや、あれほど警戒していたお前を一日で懐柔したなら、噂通りか」

「私が、懐柔ですか？」

「――まあいい。他になにか報告は？」

戸惑ったように口をつぐんだエリザベータは、「はい」とうなずいて報告を続けた。

「収穫祭は例年通り執り行われる予定です。すでに陛下が王領の視察に来ているという噂が広まって、陛下もお忍びで来るのではと盛り上がっているとか」

「……護衛の手配が必要か」

ギルバートが苦笑いする。エリザベータが一礼して執務室から出ていくと、部屋は急に静まり返った。聞こえるのは草原を渡る風の音だけ――有用な情報はなかったと窓から離れようとしたら、ギルバートが前触れなく窓へと視線を向けた。はっと首を引っ込め、息を殺す。

「気のせいか」

聞こえてきたギルバートの声に胸を撫で下ろし、窓から離れた。案外、勘がいいのかもしれない。引退した老人と甘く見ない方がいいだろう。

息子だという現宰相レオネルの寝室には、宮廷医と使用人がいた。ようやく意識の戻った宰相に食事をとらせ、問診したり、体を拭いたりと忙しい。

ギルバートたちの話通り、リュクタルの皇子の部屋では数人の女たちがベッドで眠っていた。皇子は椅子に腰かけて酒を楽しんでいる。かすかに聞こえてきたのは鼻歌だった。さらに別の場所に行ってみた。使用人たちが眠る大部屋、来客用の貴賓室。遊戯室にはリュクタルの護衛が何人か、珍しい遊戯で適当に遊んでいる。

さて、どうやって殺してしまおう。

影は思案する。

彼のお方が望むのは、遺恨を残さない〝自然な死〟だ。誰が見ても事故にしか見えず、どう調べても病死にしか思えない、悪意の介入しない〝完璧な死〟だ。

「……収穫祭、か」

使えないだろうか。その機に乗じ、彼のお方の望みを叶えられないだろうか。

雲が月を隠す。

濃くなる闇の中、影はそっと目を伏せた。

・・・・・・・・・・・・・・

第四章　危険が迫っているらしいですよ！

1

目覚めてこれほど衝撃を受けたことは、後にも先にもないだろう。

グレースを抱きしめたカレンは、ヒューゴの体温を背中に感じながら朝を迎えた。ちなみにいつの間に脱いだのか、彼はちゃっかり全裸だった。

（んなあああああああ‼）

大丈夫。なにもあたってない。だなんて、乙女（おとめ）が決して考えてはならないことを考えて、カレンはもぞもぞと身じろいだ。すみやかにベッドから出て、素知らぬふりで身支度をすませて主人を起こす――そこまでするのが、できる侍女だ。

（大丈夫。私はできる侍女！）

よし、と、気合いを入れたらヒューゴが目を開けた。

（んなああああああああああああああ‼）

目が合ってしまった。

「起きたのか」

ささやいて腕が伸びてくる。絶対寝ぼけている。そう確信してしまうほど、彼は緩慢にカレンを抱き寄せ、抱きくるんだ。広くたくましい胸に顔をうずめ、その熱につつまれて、カレンは全身を強ばらせた。

(ど、ど、ど、どうしよう！　これすごく気持ちいい……!!)

ものすごい安心感だった。熱も、適度な重みも、心臓の音も、においも、なにもかもが心地よくて無意識に彼の背中に腕を回してしまった。

とたん、腕の力が強くなる。息苦しいほど強く抱きしめられ、カレンは小さく喘いだ。

「なんだ、応えてくれるのか」

ささやく声が甘い。

「ち、違います……!!」

「じゃあこれはどういう意味だ？」

ヒューゴの背中に回した腕のことを尋ねられ、カレンは狼狽えて手を放した。

「もう遅い」

密やかな笑い声が体に直接響く。だめだ。ドキドキしすぎて、どう答えていいのかわからない。抵抗の仕方すら忘れてしまう。

「カレン」

「だ、だめです」

「――名前を」

どうしてそこにこだわるんだろう。彼の息が唇にかかる。

「ヒューゴ、と」

甘くささやく声にクラクラする。呼べば解放されるのか、それとももっと先に進んでしまうのか――。

口を開く。名前を呼ぼうとする唇を、彼の唇が塞ごうと近づいてくる。

深く重なる直前、彼がぴたりと動きを止めた。

「握り潰しますよ」

背後から低い声が聞こえてきた。はっとわれに返って振り向くと、グレースがまっすぐヒューゴを見つめていた。

「これが使い物にならなくなってもいいの？」

なにが、とは聞いてはいけない。だってカレンは乙女なのだから。グレースの手がカレンを通り越してヒューゴに伸びていても、その先を確認するなんて破廉恥な真似など断じてやってはならない。

「わ……わかった。放せ」

神妙な顔でヒューゴが返すと、しばらく見つめ合っていた二人は、グレースが手を引っ込めることで臨戦態勢を解いた。

（グレース様が頼もしくなってる……!!）

ベッドの下に落ちていた寝衣をいそいそと着込むヒューゴからそっと目をそらしながらカレンは胸を撫で下ろす。

「それで、カレンはどうしてここにいるの？」

（あの騒ぎでも熟睡なんて……さすがです、グレース様）

感心しつつ平静を装ってカレンはグレースに答えた。

「昨日、リュクタルの皇子が寝室に忍び込んできたんです。夜這いです」

カレンの言葉にグレースが固まった。グレースに視線を投げられ、ヒューゴは神妙な顔のままうなずく。

「本当だ。リュクタルではわりと一般的なようだ」

「き……既婚者相手に夜這いが？」

ぶるぶると震えたグレースは、重婚も可能なお国柄だと思い出したらしくて肩を落とし、すぐにはっと顔を上げた。

「だからといって、ヒューゴ様がカレンに手を出していいという話にはなりません」

「あれぐらいの触れあいは普通だろう」

普通じゃない。明らかに襲われる直前だった。カレンが真っ赤になって狼狽えると、ヒューゴは言葉を続けた。

「だいたい、キスは寸止めばかりだぞ」

「当たり前です」

つんっとグレースが横を向く。ヒューゴは溜息をつき、顔を赤らめるカレンに軽く片目をつぶってみせた。続きはまたあとで――そう言われたような気がして直視できない。

「とにかく、あの男のそばには近づくな。俺もできる限り配慮する」

ヒューゴが断言する。

こうして奇妙で不穏な日常がはじまりを告げたのだった。

2

大量の書類をたずさえ、数時間おきに王都から使いがやってきた。彼らは書類をヒューゴに渡すとサインの入ったものを回収して帰っていく。

気づけばヒューゴの護衛に近衛兵が十人ほどやってきて、屋敷がますます賑やかになった。

（い、忙しそう）

ヒューゴはずっと書類に目を通しては認可を出し、あるいは却下していた。書類に御前会議のまとめや遠征の報告なども加わり、レオネルが欠けた穴の大きさを実感させた。

貴族との交流を極力控え、王妃としての基礎を学ぶか来客をもてなすのが日常で、王城を離れるとたんにやることがなくなってしまうグレースとは対照的だ。

何度かグレースが執務を手伝おうとしたが、そもそも書類の多くはヒューゴの裁量で決めるものだった。そのうえ、ヒューゴはグレースの負担になることを嫌っていて、一人でかかえ込んでしまうので仕事の量は時間をおうごとに増えていった。

経緯はどうあれ、ヒューゴはグレースを大切にしているのだろう。

とはいえ、二人を見ていても暇がまぎれるわけではない。ならばと、レオネルの様子を見に行こうとした。すると、グレースがついてきて、心配したヒューゴまでくっついてきた。

（陛下までついてきたら仕事が溜まっちゃうじゃないですか！　本末転倒……っ）

追い返そうとしたら、廊下でリュクタルの皇子に遭遇した。

「なんだ、余に会いに来たのか！　愛いやつめ」

皇子の後ろに控えている仮面の護衛ハサクと侍女のビャッカは迷言に顔色一つ変えない。カレンが後ずさると、ヒューゴが一歩前に出て庇ってくれた。

「たまたますれ違っただけだ。そちらは？」

「ん。うららかな日差しに誘われ、飛び交う蝶を愛でにいこうと出かけるのだが……そなたの希望であれば、同行を許すぞ」

「結構だ」

〝蝶〟の単語にヒューゴの口元がわずかに引きつったのは気のせいだろうか。カシャが残念そうに肩をすくめる。今日も今日とて金剛石で飾り立てた成金仕様の貴人は、きらびやかに行き合った使用人をおののかせながら去っていった。

「……ヒューゴ様は虫除けになるのね」

「異国の皇子もお前にかかれば形無しだな」

グレースのつぶやきにヒューゴが肩を落とした。ヒューゴの仕事に支障が出ないよう早く戻ることを心に誓ってレオネルの寝室に向かい、その途中で行き倒れを発見した。

「宰相さん……!?」

駆け寄って顔を覗き込むと、額に玉のような汗を浮かべながらレオネルが目を開けた。

「ああ、カレンさんに、陛下、グレース様も……」

「なぜ寝ていないんだ、お前は」

ヒューゴが当惑気味に声をかけると、レオネルは壁を支えに立ち上がった。

「仕事に戻ろうかと……う……っ」

腹を押さえたレオネルの体が傾くのを見てヒューゴがとっさに手を出した。レオネルを支え、溜息をつく。

「医者の許可が出るまでは安静にしていろ。なんのために療養させていると思ってる」

「しかし……」

反論を許さず、ヒューゴはひょいっとレオネルを抱き上げた。細くても男性だし高身長なのでしっかり体重もあるはずなのに、まったくそれと感じさせない足取りでレオネルを寝室まで運び、仰天する使用人たちをさがらせてからベッドに下ろした。

「仕事は問題なく進んでいる」

ヒューゴの言葉がやせ我慢だと気づいたのだろう。レオネルが困ったように苦笑する。「でしたら」と、カレンは口を開いた。

「これを機に、お仕事が一点に集中する体制を改善してみてはいかがでしょう。分担するとまた同じように偏ってしまう可能性が出てきますし、なにより誰かが欠けるとたんに業務に支障が出ます。なので、複数の人間が一つの仕事を取り組む形にするんです。共通の認識があればそれを指針に方向性も決まります」

どれが重要か、重要でないか。大まかな考えが共有されれば、欠点も改善点も見つけやすい。多角的に見ることで状況は改善されていくだろう。

「いかがでしょうか」

カレンの提案にヒューゴは目を見開き、レオネルはぽかんとし、グレースは思案顔になった。説明が悪かったのかと、カレンはさらに言葉を続ける。

「タナン村でも、牛の世話は共同だったんです。一人で二十頭の牛の面倒を見続けるより、十人で二百頭の牛を見たほうが交代で休憩も取れると好評で」

「――提案したのはお前か？」

　確認するヒューゴにカレンはうなずいた。

「出産時期は義兄が牛舎に詰めて睡眠もまともに取れずに死にそうになっていたので、だったら産気づいた牛だけ一ヶ所に集めて交代で面倒を見て、危険なときだけ助っ人を呼べば楽なのではないかと。おかげで休みも取れるし、子牛の生存率も格段に高くなりました」

　子牛を出荷して生計を立てる家も多かったから死活問題だった。親牛に管理番号をつけて体調を把握し、様子がおかしければ獣医に診せる。この経費も皆で出し合っているので、個々の負担はさらに軽減される。

　そこまで説明したら、ヒューゴがカレンの肩をポンと叩いて「採用」と明言した。

「十分に検討したうえで方針を立てたほうが」

「採用」

　どうやら決定事項らしい。

「では、草案をまとめておきます」

「行政官にほしいな」

　カレンを見てヒューゴがしみじみつぶやくのを聞いて「財務省が先です」とレオネルが声をあげ、「私の侍女よ」とグレースが反発した。

「宰相さんの実家が巻き毛牛の肥育地なんですね。驚きました」

静かに火花を散らす三人に慌て、とっさに話題を変えるとレオネルが目尻(めじり)を下げた。

「巻き毛牛のおかげで、王領も安定した収入を得ています。……実は、グレース様の避暑にタナン村を選んだのは、巻き毛牛の子牛を出荷する村だと聞いたからです」

初耳だ。カレンは目を瞬いた。

「タナン村から買った牛とティエタ大平原で産まれた牛では肉質が違うので、なぜなのかと疑問に思っていたんです」

「飼料も種牛も違うから、同じ子牛は産まれません」

「そのようですね。そちらもあなたが介入を？」

カレンは慌てた。いいえ、と、首をふってから、「種牛の選定にかかわってるだけです」と答えたらレオネルに感心されてしまった。

「金のにおいがするところには必ず絡んでくるんだな、お前は」

ヒューゴに呆(あき)れられてちょっと傷ついた。せっかくならいい子牛を出荷しようと厳選したのに、守銭奴(しゅせんど)みたいな扱いだ。

「お互いに利益になるのならいいでしょう」

擁護(ようご)してくれたのはグレースだった。レオネルは苦笑し、一つ息をつくとじっとカレンを見た。その眼差(まなざ)しだけで、レオネルの質問に察しがついて自然と背筋が伸びた。

「正体を明かしましたか？」

予想された問いに首を横にふる。まだごく一部にしか知られていないカレン自身の秘密。

それは、出自に関するものだった。

若い頃は傭兵だったと言っていた亡き父とは血が繋がらず、孤児だった〝姉〟とも血縁関係にないと知らされたのは、カレンが王都に来て間もなく——密造酒事件のあとだった。実父は宰相家に生を受け、侍女と駆け落ちした。過酷な旅の果てに実母はカレンを産んで他界し、実父も帰らぬ人となった。乳飲み子だったカレンを引き取り育ててくれたのが、カレンが父と慕っていた男だった。

そう。カレンの実の父は元宰相であり、レオネルの兄。

そして、ギルバート・クルス・クレスの息子の一人だったのだ。

「私のことはなにも話していません。実父のことまで話さなければならなくなるので」

ギルバートが毒づいた通り、金の無心ができるほど意思が弱ければよかったのにと、そう思わずにはいられなかった。

「伝えるべき言葉と伝えなくてもいい言葉、お前はそれを選んだだけ。それだけのことよ」

うつむくカレンの手をそっとつかみ、グレースは立つようにうながした。

「そろそろレオネルを休ませましょう」

そうして再びヒューゴの滞在する客間に戻って彼の仕事を眺め、日が暮れると食事をとり、また深夜まで仕事を続けるヒューゴに舌を巻いているとカシャがやってきた。

「グレースが客間にいなかったので、こちらかと思ってな」

さらっと恐ろしいことを言ってきた。来訪の理由を問うと「親交を深めるため」と返ってきたが、さわやかな笑顔に下心が透けていて、カレンはグレースとともに震え上がった。

そんなこんなで、今日はヒューゴのところで休むことになった。

「なにかお手伝いできることはありませんか？　じっとしているのは性分に合いません」

王城で精力的に動き回っていたカレンは、療養地である宰相家で暇を持てあましていた。

「……では、治水工事の概算をまとめてもらえるか。それから、北部地域の疫病治療にかかった費用と、対策の概算が出ている。目を通して課題を洗い出してくれ」

「かしこまりました」

カレンが書類の束を受け取ってソファーに腰かけると、グレースがくっついてきた。手元の数字を覗き込み、難しげに眉をひそめている。

（仲間はずれが気に入らないんですね、グレース様……!!）

あえて口では言わないけれど、なんとかして役に立ってやろうとグレースの鼻息がちょっと荒い。それがなんとも愛らしくて思わず口元がゆるんでしまう。が、ヒューゴの視線に気づいてとっさに難しい顔を作った。

書類に目を通していると、次第にカレンの表情が険しくなっていった。

（岩盤工事の金額が高い！　水質管理の費用の桁が変！　河岸工事、木材より切り出した石を使ったほうが無駄がないうえに効率的なのでは？）

運河を使えば運搬手段は確保できる。問題は船と岩盤の加工だ。そんなことを考えつつ書類を読み込んでいたら、いつの間にかグレースが寝息を立てていた。

立ち上がったヒューゴが、グレースを抱き上げてベッドに運ぶ。

「カレンも休むか？」

「い、いえ。もう少し続けます」

「無理はするなよ」

伸びてきた手がカレンの頭を軽く撫でていく。気遣われるとこそばゆい。はい、とうなずいて書類に目を落とすと、かすかな衣擦れの音と紙がこすれ合う音だけが室内に響いた。

ドキドキはするけれど、静かな空間は息苦しさもなく、なんだかとても居心地がよかった。

もともとカレンは行動的だ。体も丈夫で、多少寝なくても問題なく動き回れる。

だから、ヒューゴの仕事を眺めて過ごすことに大変な苦痛を感じていた。たまに手伝ってはいたがそれでは満足できず、やがてなにかと理由をつけては部屋をあけるようになった。

彼女が姿を消すとどこかで小さな騒ぎが起きる。

開け放たれた窓から、ときおりそうした会話が届いてきた。

「新しい獣医を見たか!?　若い女だったぞ!」

「初産だった年の出産を手伝ったっていう女医だろ?　月齢別に飼料の指示もしてくれたよ。いやあ、牛の扱いに慣れてて、まるで自分の手足のように操るんだぜ」

それはたぶん獣医でも女医でもない、と、グレースは内心で訂正を入れる。

「王都で流行してるっていう最新の洗剤を見慣れない侍女にわけてもらったの!　これ、すごいのよ!?　布が縮まないの……!!」

洗濯物が増えたと愚痴をこぼしていた洗濯女が、手荒れどころか使い終わったら手がしっとりする最新の洗剤に感動して皆に宣伝して回った。

「綿羊の毛の刈り入れの手伝いを通りかかった侍女がしてくれたんだけど、びっくりするくらい手際がいいのよ!　羊も全然いやがらないし、刈り痕もなめらか!」

なにをやっているんだろうと、呆れてしまう。

「王都から来た侍女、釣りの腕がすさまじかったんだ。カツラ虫をエサに、特大のミサナゴをわずか三十分で十五匹も釣り上げやがった!　しかも、下処理も完璧なんだ!」

いかにも得意そうだ。もっとも、タナン村でも食材確保はカレンの仕事で、毎日新鮮な食材で作られた素朴な料理が食卓に並んでいたので当然といえば当然か。

「川鴨を五羽も仕留めやがったんだ、あの謎の侍女……弓矢の連射で一度に五羽だぞ。どうなってるんだよ。飛距離もおかしいが、命中率もおかしすぎるだろ。旦那様も参戦されて、二人で獲物の数を競ってたんだ！　弓の名手って有名な旦那様と対等なんて、侍女じゃなくて玄人の狩人だろ。俺は誤魔化されないぞ！」

一部、疑心暗鬼に駆られる輩も出てきたようだ。本人はいたって地味なのに、なぜああもちまちまと器用なのだろう。やらせたら、だいたいのことはそつなくこなしてしまうのではないかというくらい基礎的な能力値が高い。

「カレンがリュクタルの使用人に話しかけてたわよ。あっちの言葉も話せるの？」

「全然話せないみたいよ。でもなんとなく伝わるって」

「なんとなくってなによ！　もー、カレンって面白い子ね。そういえば厨房にも出入りしてるわよね。あそこでも重宝されてるみたい」

どうやらカレンは、屋敷の使用人ばかりかリュクタルの使用人たちとも交流しているらしい。言葉が通じないのになにを話しているかは謎なのだが。

「カレンは王妃様が直々に選んだ侍女らしいぞ」

「さすが王妃様だ。人を見る目がおありになる。ヴィクトリア様も確かに素晴らしい女性だが、陛下がグレース様を王妃にお選びになったのは、先々のことをお考えだったからか……!!」

ヴィクトリアからヒューゴを奪ったことでクレス邸の使用人たちによく思われていなかったグレースが、カレンのおかげでいつの間にか好意的に見られればじめていた。

グレース自身は部屋に籠もって、カレンがどこからか入手した道具で刺繍を刺して時間を潰していたるだけなのに。

「……カレンはいったいなにをやってるんだろうな……」

ヒューゴが書類を前に遠い目をしている。

「ヒューゴ様がずっと仕事をされているから、一人で田舎を満喫しているんでしょう」

満喫の仕方が普通とはだいぶ違うが、きっとカレンはタナン村に戻った気持ちで人々とかかわっているに違いない。

「俺が与えた仕事では満足しないんだ」

さっさと終わらせてしまうのだと、ヒューゴが愚痴っている。治水工事は、どうやらカレンの案を下地におこなわれていくらしい。他にも何点か、カレンの草案が議会にかけられると書状をたずさえた近衛兵が報告していった。

「目立ちすぎて、カシャ様の興味を引かなければいいのだけれど」

「護衛をつけてるが、器用にカシャ殿を避けてると報告があった。取捨選択において野生的な鋭さがあるからな、カレンは。強運というか、引きが強いというか」

「よくないものも引き寄せてしまうでしょう、カレンは」

グレースの言葉にヒューゴの顔が歪んだ。

「……そうだな」

引きの強さから、王都で一度死にかけている。が、結果として国を守ったのだから、ヒューゴの言うように強運という解釈が適しているのも事実だ。

つらつら話しているとカレンが戻ってきた。なにをしてきたのか、どこか楽しげだった。

「行動に制限をかけるつもりはないから、なにをしてきたか報告をしなさい」

グレースの命令に、カレンはほっとしたように微笑（ほほえ）んだ。

「宰相さんのお見舞いに行ったあと、ビャッカさんに会ったので少しリュクタルの話をしました。リュクタルにある後宮は男子禁制で、中で働くのはほとんどが宦官（かんがん）だそうです。宦官以外の〝男性〟は出入りが許されるごく一部の商人だけ……徹底してますよね」

カレンの目が輝く。きっとまた「ジョン・スミスの世界！」と思っているに違いない。そういう話題が出てくると小耳に挟んでいる。

「皇子のお母さまは一度の〝渡り〟でご懐妊（かいにん）されたとかで、周りからすごく羨（うらや）まれたとうかがいました。大変美しい方だそうです」

創作の世界と混同しているのか声が熱を帯びている。が、ヒューゴの視線に気づいたらしく、慌てて表情を引き締めた。

「それから、先日取り上げた子牛の様子を見にいってきました。母子ともに順調で、すごく人懐こくてかわいい子です。母牛は少し骨に異常が見られましたが、幸い、子牛はいたって健康で元気に歩き回っていました。なぜかそこに皇子もいたんですが……」

なにかされたのかと顔をしかめると、カレンは慌てて言葉を続けた。

「子牛が好きらしく私には見向きもしませんでした。ときどき分娩小屋に行ってるようです」

異性より子牛に興味があるのは意外だったが、その話が本当なら分娩小屋は安全かもしれない。だが、カシャの行動がいまいち読めない。やはり部屋でじっとしているべきか――押し黙っていると、大股でやってきたヒューゴがぐりぐりとグレースの頭を撫でた。

「では、明日にでも行ってみるか」

忙しいくせに、グレースの葛藤をくんであっさりとそう提案してくる。

外出は嬉しい。けれど同時に、ヒューゴに依存し、守られてばかりの自分が情けなくなってくる。それからグレースは、暗い気持ちで刺繍を刺しながら夜を待った。夕食はあまり喉を通らず、カレンの用意したお茶を飲みながら乾燥した果実を袋から取り出した。

ザガリガの実。王妃であるためにグレースが食べ続けなければならないもの。自分の尊厳すらねじ曲げる、血を固めたように赤黒い果実。

ザガリガの実を口に運ぶと、いきなりカレンに腕をつかまれた。そして、「差し出がましいようですが」と、怖いくらい真剣な顔で告げる。

「迷っているのなら、食べるべきではないと思います」

意外な言葉だ。仕事に戻ったヒューゴも、書類から視線をはずしてカレンを見ていた。

「ザガリガの実はグレース様の成長を歪ませます。いくら亡き王女様との約束でも、古都を守るための選択でも、それを食べ続けるのは賛同できません」

どくんと胸の奥で鼓動が跳ねた。ザガリガの実を食べ続けるのは危険だと知っている。だが、今の地位を守るため、人々を欺き続けるためには必要な選択だ。

グレースは皮肉っぽく口元を歪めた。

「食べなければ本来の姿に戻るわ。忘れたの？　私は〝王女〟でもなければ〝女〟でもない、偽りの王妃よ」

「そのために私がいるんです」

カレンが言う通り、グレースの秘密を守るために彼女は侍女になった。

はじめは渋々だったカレンは、いつからか積極的にグレースの味方になってくれていた。誰にも心を許せなかった孤立無援の王城で、ヒューゴとカレンだけが揺るがず味方だった。カレンがそばにいてくれたおかげでずいぶん楽に呼吸ができるようになった。ヴィクトリアという、本来なら敵対するであろう公爵令嬢とも友人になれた。

今も気づけば周りを巻き込み、グレースを正しい道に導こうとしてくれている。

「……まさか、わざとやっていたの？」

王領の人間との交流。そこで起こる小さな変化を意図して繰り返していたのか。もっとも敵に回してはならない宰相家を、根っこから変えるために。

「たいしたことではございません」

カレンはけろりと返した。

表層の印象を変えることは簡単だが、許婚(ヴィクトリア)を退けグレースが王妃となった事実、その根底にある不快感と招かざる客という認識を変えるのは容易ではなかったはずだ。

にもかかわらず、彼女は数日でやってのけたらしい。

「だから、信用しろというの？」

「お任せください。私、こう見えても意外と器用で、頑張り屋なんです」

「知ってるわよ」

グレースは笑った。傷つくことだってある。弱い部分だって持っている。それでも、カレンが味方でいる限り、どんなことがあっても大丈夫だと思える自分がいる。

だから誰にも譲れない。

相手がヒューゴだろうとカレンを渡す気はない。

胸中でささやくと、カレンがグレースの手からザガリガの実を奪っていった。

戸惑いと安堵(あんど)――揺れるグレースの心を、カレンは見逃(みのが)さなかった。

「あなたが隠したいものは、私がすべて隠蔽(いんぺい)します」

干からびた果実がカレンの口の中に落ちる。グレースがかかえ続けた不安の実を、カレンが咀嚼(そしゃく)し呑(の)み込んでいく。

「これで共犯です」

にっこりと微笑まれて、強ばっていた体から力が抜けた。

「バカね」

自分から捕まりにくるなんて、本当に愚かだ。

「本当に、誰にも渡さないわよ」

「望むところです」

胸を叩いてうなずいたあと、カレンは顔をしかめた。

「ところでザガリガの実って、ものすごく苦いんですね。グレース様が普通に食べていたから、てっきり甘くておいしいものだとばかり思っていました」

「──食べてみなくてはわからないことって、意外と多いのよ」

「まったくです」

神妙にうなずくカレンに笑ってから、グレースはもう一度ヒューゴを見た。こちらはこちらで、別の意味で大変複雑な顔をして押し黙っていた。

3

ティエタ大平原は農耕の土地である。

とはいえ、開墾(かいこん)された土地は王領の中でもごく一部で、それら作物の多くは王都に運ばれ貴族たちに珍重されていた。今はそこに肥育地としての役割が加わって、収穫祭には高級食材である巻き毛牛の肉まで振る舞われ、なかなかに盛況らしい。

収穫祭がはじまったのは、カレンたちが宰相家を訪れてから十日後だった。

(子牛一頭が四十万ルクレは安すぎかも。十万ルクレから十五万ルクレが相場だけど、巻き毛牛ならもうちょっとふっかけてもよかったかなー。五十万ルクレでも余裕で売れるわよね？ああ、どこかで家畜商さんとばったり会わないかしら。今なら交渉に勝てる気がする！)

非情なことを考えつつ、カレンは今、収穫祭でおおいに賑わう夜の村を、ヒューゴとグレース、近衛兵五人、さらにはリュクタルの皇子であるカシャ、その護衛の仮面の男ハサク、侍女のビャッカ他十名の侍従とともに歩いていた。

正直、目立ちすぎて肩身が狭い。

小さな村の収穫祭に王族が来るなんて、まずあり得ないのだ。しかも今回は、相変わらず無駄にきらびやかな異国の皇子様ご一行まで来ている。服も派手だがなにより目を引くのは滑らかな褐色の肌と銀髪に近い白髪だろう。しかも美形ぞろいなので、カレンは別の意味でも肩身が狭かった。どこにでもいそうな地味な侍女が一人、不自然に交じっているのだから。

(この人たちと離れたい……!!　でもグレース様とは一緒にいたい！)

収穫祭は近隣の村と合同で三日間開かれ、そのあいだ遠方から来た客は宿泊用のテントで寝泊まりできるらしい。どこを歩いてもいいにおいがして、笑い声が響き、歌声が弾み、絶え間なく音楽が奏でられて広場では人々が集まり飛んだり跳ねたり思い思いに踊っていた。

統一感のなさにタナン村を思い出す。

が、さすがに王様ご一行が近づくと、みんながギクシャクしはじめた。

「……だからお忍びで来たかったのに」

小さく嘆くのはヒューゴだ。王都でも城を抜け出し町を歩き回っていたから、こうした視察は窮屈なのだろう。対し、カシャは実に機嫌がよかった。

（なにも起きませんように、なにも起きませんように！　あれ……？）

祈るようにカシャを見ていたカレンは、彼を見つめるビャッカに気づいた。いつもの冷めた眼差しではない、熱の籠もった――そう、まるで、恋する乙女のような視線を。

（ビャッカさんって、もしかして皇子のこと……）

秘めたる恋だ。ジョン・スミスの世界に出てくるような身分差の恋だ。完璧な侍女が見せる意外な一面。親近感を抱いていると、ウキウキと弾むカシャの声が聞こえてきた。

「なるほど、よい祭りよの。豊かな実りに感謝する習慣は、余の国にはないもの。見よ、ビャッカ！　肉が串に刺さっておる！」

「普通の串焼きですよ」

ビャッカが彼のどこに魅力を感じているのか謎すぎる。首をかしげながらもカレンがこっそりと指摘した。

「むむ。あれに見えるは奇っ怪焼き」

「鉄板焼きです。小麦粉に好きな具材を交ぜて焼くんです。味はすでについているので、そのまま食べ歩きできますよ」

「むむ。あれに見えるは骨ではないか！」

「牛の骨からはおいしい出汁が出るんです。一度飲んでみてください。麺と一緒に注文して、好みの味つけにすることもできます。ピリ辛がおすすめです」

「カレン。そなたは物知りだな」

「……ありがとうございます」

　変な反応が気になってついつい突っ込んでいたら、なぜだか尊敬の眼差しを向けられてしまった。ああ、ここにいるのは庶民じゃなかった……と、今さらながらに実感する。市井に慣れたヒューゴだけは無反応だが、それ以外が「そうなのか！」という顔になっているのが恐ろしい。せめて近衛兵くらいは市井を熟知してもらいたかったが、騎士をはじめとする近衛兵は基本的に貴族の子弟ばかりで平民とは生活基盤が違うのだ。

（陛下の護衛になれる近衛兵なら貴族の中でも伯爵以上で序列も高い名門貴族の令息！　遠征に出てるから下々の生活にも慣れてると思ったけど、私の考えが甘かったわ……!!）

　ものすごく神妙な表情をしているのに、目が好奇心できらめいている。

「カレン、引き続き案内を頼む」

「承知いたしました」

カシャに命じられてカレンがうなずくと、彼は視線をグレースへと移した。

「ところでグレース、今日も美しいな。恋でもしているように、今宵のそなたは一段と艶めいているではないか」

不遜な言葉にカレンはぎょっとした。この男、放置しておくと勝手に口説き出すから面倒だ。とにかくグレースから引き離さなければとカレンは前方を指さした。

「皇子、ご覧ください！　あれに見えるは打楽器、太鼓です！」

広場で音合わせをしている楽団の中で、大小さまざまな太鼓を次々と叩く男を紹介する。

カッとカシャが目を見開いた。

「おお！　あの大筒が！　なんと原始的な！」

失礼だ。

古来より存在する楽器なので否定はしないが、もうちょっと言い方がある気がする。

カレンはめげずに隣の男を指さした。

「隣の人が吹いている笛は、ラ・フォーラス王国原産の一年竹で作られたものです！」

高くて澄んだ音色なら気に入るかと期待したら、カシャはさらに大きく目を見開いた。

「なんと安っぽい！」

本当に失礼だ。

そういえばリュクタルは金剛石を産出する国だった。楽器は金剛石か金でできているのだろう。竹は彼の感性には合わなかったのだ。

カレンは広場の中央にいる女を指さす。金髪碧眼のキリリと整った顔立ちの細身の女だ。たっぷり布が使われた袖とスカートから、動きを強調するドレスだとわかる。赤地に金糸でほどこされた刺繍も、動けば光を弾いて輝くだろう。

「あ……あの、踊り子は」

「な、なんという露出の少なさか！　踊り子なら出せ！　出し惜しみするな！　あれではそそられぬではないか！」

「違いますよ！　なんで出すんですか、出さないでしょ⁉　第一、そそらせるために踊るんじゃありませんから！」

思わず素で叫んでしまった。意味が通じなかったらしいリュクタルの一行は叫ぶカレンに当惑し、意味がわかったラ・フォーラス王国の一行はそっとうなずいてくれた。

「異なことを言う。出したほうがいいに決まっておる」

カシャが断言したとき、楽団が明るく軽快な音楽を奏ではじめた。踊り子が音に合わせて軽やかに舞う。

（ほら見なさい、あのドレスが合う――）

胸を張ったカレンは、カシャがビャッカに目配せするのを見た。うなずいたビャッカが薄手の衣を脱ぎ捨てて広場に躍り出ると、唐突な乱入者に人々はざわめいた。褐色の肌、美しい容姿――そのうえ上半身はどう見ても下着姿で、深い切り込みの入ったスカートから引き締まった足が大胆に露出していた。

女たちは悲鳴をあげて子どもたちの手を引きその場から離れ、男たちはどよめきながらもビャッカに魅入った。

（な、なんて格好……!!）

胸は見せても足は隠すのがドレスの基本だが、胸だって谷間が見える程度で、それ以上の肌の露出は下品とされていた。足だって、淑女なら決して人目にさらさない場所の一つだ。にもかかわらず、ビャッカは当たり前の〝常識〟を無視して軽やかに地面を蹴った。ときに荒々しく、ときになまめかしく踊る姿は、蠱惑的で人々の目を奪う。

全身がバネのように高く飛ぶビャッカに、カシャは満足そうに笑った。

「美しいだろう」

美しい。だが、刺激が強すぎる。

「……リュクタルでは、普通のことですか？」

「あれでも露出は少ないほうよ。全裸に近い踊り子もいる」

こんな踊り子が普通なら、王国の踊り子が物足りないと感じるのは致し方ない。

「常識が違うことは理解しました」

「……そなたはなかなか素直よの。即座に現状を受け入れる潔さは称賛に値する。それができぬ者はいずれ心を病むであろう」

大げさなことを言って目を細めるカシャに、カレンはかすかな違和感を覚えた。なにか別のものを見ているような、どこか遠くを見ているような、そんな表情を彼がしているのだ。

「――カシャ殿は、なぜこの国に？」

それ以上くっつくなと言わんばかりにヒューゴが強引に会話に割り込んできた。ヒューゴが盾になると、すかさずグレースに手を引かれた。

そしてカレンは二人に守られるような形でカシャと距離を取ることになった。

（あ……あれ？　なんか、二人の王子様に守られるお姫様な気分）

なぜだろう。奇妙なことにヒューゴばかりかグレースまで凛々しく見えた。

カシャはヒューゴの問いにきょとんとした。

「余は遊学中で、ヴィクトリアに会いに来たと伝えたはずだが」

「王都にくる前の行動を鑑みると、それだけとは思えない。真意はどこに？」

カシャは顎に手をやってから「ふむ」とうなずいて、ずいっとヒューゴに顔を寄せた。思いがけないタイミングで近づいてきた彼に、ヒューゴはぎょっとのけぞる。

「余の国には千人の宮女がいて、それら女はすべて皇帝の所有物となる。そこで生まれた約百人の皇子の中から十人が選抜され皇太子候補となり、最終的に皇帝に選ばれるのはたった一人のみ。それ以外の皇子がどうなるか、そなた、わかるか？」

「──どうなるんだ？」

「後々遺恨にならぬよう生殖器を切り落とし、宦官として後宮に仕えさせる」

思わずカレンの口から「ひっ」という声が漏れてしまった。ヒューゴは絶句し、グレースが青くなる。

（宦官になることが強制って……!!）

作中では奴隷や職のない平民が希望して宦官になっていたが、リュクタルでは皇子として大切に育てられた者たちの成れの果てというのがなんともエグい。高貴な身分なのに、国の頂点か、あるいは奴隷にも等しい身分に落ちるかの二択しかないなんて極端すぎる。

「宦官は、もとは余の国よりさらに北の国の風習だが、皇子たちがそれぞれ子を成せば収拾がつかなくなるため取り入れられた制度である。皇帝には〝至宝〟と呼ばれる緑鳥の卵ほどもある金剛石が与えられ、皇太子候補の中から一人だけ至宝を管理する守人が選ばれる」

「……一人だけ？」

思わず繰り返すカレンに、カシャはにやりと口元を歪めた。

「然り。守人は至宝に触ることを許された皇帝に次ぐ貴人。皇帝の予備として宦官をまぬがれた皇子。そこが狙い目よ」

「──お目付役がここにいると考えていいんですか？」

カレンがこっそり尋ねると、カシャは満足げにうなずいた。

「然り」

有能であることを印象づけるために外交に力を入れる一方で奔放に女を口説くのは、つまりそういった理由だったのだ。緑鳥といえば子どもの拳ほどの卵を産むが、そのサイズの宝石を管理しつつ悠々自適に暮らすのが目的というのも、実に彼らしくて呆れてしまう。

「……どういうこと？」

グレースがちらりとカレンを見た。

「ですから皇子は、金剛石を売る販路を開拓して外国の要人とのパイプを確保し、なおかつ種馬としても優秀だとお目付役にアピールしてるんです。守人に選ばれるために」

「種馬とは卑猥な」

カシャはくつくつと笑ったが、カレンの言葉を訂正しなかった。国の方針はとんでもないが、それを利用しようというカシャもまたとんでもないと思う。こっそりとお付きの者たちを見たが、カレンでは誰がお目付役かはわからなかった。

だが、彼を見定めようとする者が、彼の一挙手一投足を見守っているのは間違いない。

(なんて息苦しい生活をしてるのかしら)

礼節でがんじがらめの貴族社会も息が詰まるが、つねに品定めされ続けているのも息苦しいに違いない。

「むむ。あの蝶は実に美しいではないか」

花を着飾る娘を見つけてカシャが声を弾ませる。本人が息苦しさをまったく感じさせないのが謎すぎるが、カレンは溜息とともに「夜に飛ぶのは蛾ですよ」と訂正しておいた。

「蛾なのか」

「蛾です。だから明るいものにくっついてくるんです。皇子は昼間の蝶だけ、お触り禁止で愛でてください」

「昼間だけなのか……」

あからさまにがっかりしている。精力的な自分をアピールするというより、これが彼の地なのではないかと疑りたくなるほど自然な反応だ。

「では、昼の蝶よ。しばし余に付き合え」

甲高い音とともに夜空に大輪の花が咲いた――そう思った直後、皆の視線が花火に向いたまさにそのとき、カシャがカレンの手をつかんだ。ぐんっと上体が前のめりになり、視界が人の壁で塞がれる。転びそうになる体が、カシャに手を引かれることでかろうじて立て直される。

（嘘、ちょっと待って！）

カレンはぎょっとした。顔を上げると、もうそこにはヒューゴの姿もグレースの姿もなかった。バランスを崩しただけだと思っていたら、一瞬で人混みに流されたらしい。

（な、なにこれ!?　どうなってるの!?）

受章パーティーでヒューゴがリードしてくれたときのことを思い出す。カシャの動きは、あのときのリードにとてもよく似ていた。

(この人、想像以上に運動神経がいい。しかも腕力もある)

手を振りほどこうとしてもびくともしない。ひょいひょいと人をよけて歩くカシャに、カレンは驚愕の眼差しを向ける。

「お、お待ちください。いったいどこに……」

「せっかくの祭りに監視がいたのでは面白くないであろう。だからそなたが余に付き合え。グレースがよかったが――あの者の美しさは余の好みであるのに、同性を前にしているような奇妙な感覚に囚われるのだ」

(こ、この人、勘もいい……!!)

グレースとの接点が増えれば疑念が確信に変わりかねない。彼がラ・フォーラス王国を出るまで一瞬たりとも気を抜けない。

「皇子には、グレース様が幼く見えていらっしゃるのですね」

「見くびるでない。余の守備範囲は幼女から老女までであるぞ!」

(節操がないだけじゃない、このクズ皇子――!!)

ビキッと笑顔が硬直したとき、腹に響く音とともにひときわ大きな花火が上がった。皆が歓声をあげて空を仰ぐ。幸いなことに誰の視線も夜空に釘付けで、言い争うカレンたちに注目する者はなかった。

「戻りましょう。そんな成金みたいな格好をしていたら変な人たちに目をつけられます」

グレースと町に出たとき、彼女の美しさに目がくらんだ男たちに絡まれたことがある。おのれの認識の甘さを突きつけられた苦い思い出だ。

カレンの表情がよほど切迫したものに見えたのか、カシャが神妙な顔になって「あいわかった」とうなずいた。

（意外と話がわかる人でよかった。合流したら皇子は陛下に任せて……ん？　んん？）

カシャが指輪を次々とはずし、カレンに渡してきた。キラッキラな指輪は、それだけで存外に重い。首輪をはずし、耳飾りをはずし、腕輪もはずす。

「あの、皇子……？」

「これで成金ではないであろう」

（クズなうえにバ……いえ、そんな失礼なこと思ってはだめよ……!!）

見るからに容姿が違うのに、装飾品をはずせば万事解決すると思ってしまうのはなぜだろう。

「服も目立ちます」と指摘すると、今度は上着を脱いで渡してきた。

（うわあ……まんべんなく金剛石が縫い付けてある……なにこの重い上着。拷問（ごうもん）？）

「これでよかろう」

「……いえ。髪が」

「うむ。では切るか」

カシャは腰布に挟んであるキラッキラな短剣を手に取った。

「ま、待ってください！　切らなくてもいいです、隠すだけでいいですっ」

「手伝ってくれるのか」

「て……手伝います」

反発する気も失せて宝飾品を上着に包み、人混みをかき分けいくつかの露天商と交渉して白い布をわけてもらった。カレンはその布で彼の髪を包み、端を折り込んで印象的な髪を隠した。

花火を見上げる子どもたちが物珍しげに集まってきたので、何人かの髪を同じように布で包んでやると、キャッキャと喜びながら人々のあいだをすり抜け去っていった。カシャに不思議そうな顔をされたので「一人だけやっていると不自然なので」と説明する。

（まあ、何人やっても変ではあるんだけど）

それからさらに移動し、安価で入手した白いシャツに着替えてもらう。皆が花火に夢中なときになにをやっているのかと自問自答しつつ、酪農に従事して日焼けした青年に見えるまでにリュクタルの皇子を変身させた。

（見た目は平民風だけど顔立ちがきれいすぎ！　立ち居振る舞いが優雅すぎ！）

よく見れば酪農家でないことがバレてしまう。

「民草に見えるか？」

「はい。いい感じに田舎者です」

適当に答えたら、地味になったおのれの姿を確認してにこにこと機嫌良く笑った。

（……変な人）

「本当は、守人にも興味がないんですか？」

満足げに服に触れるカシャに感じたままを問う。すると、彼の顔が苦痛に歪んだ。次いで現れたのは怒りと憤りの表情。

はじめて彼の本心に触れているような気がしてカレンは息を呑んだ。

「皇子として生を受けた以上、あの牢獄（ろうごく）からは逃れられぬ。はじめにいた皇子は百人以上――純粋な能力だけを評価され、十人が皇太子候補として選ばれる。あとはもう、後宮での殺し合いよ。皇帝となって栄華を極めるか、宦官となって死ぬまで後宮で飼われるか。選抜式がはじまる前から、われら血族は互いの手をその血で染める」

つまり、それは。

「皇子は遊学と偽って後宮から逃げ出したんですか？」

「――そなたは無礼だな」

「も、申し訳ありません。失言でした」

カレンは慌てて深謝（しんしゃ）する。ついつい言葉にしてしまったが、彼の立場を考えれば十分に不敬だ。罰せられても不思議のない指摘だった。

だがカシャは、顔を歪めただけでなにも言わない。

（……なに……？　もっと別のなにかがあるってこと……？）

奔放に振る舞う彼が隠している真実――それは、兄弟との殺し合いより彼を痛めつけているとでもいうのか。

大きな花火が空を彩った。人々が歓声をあげ、極彩色がカシャの顔を隠す。表情は見えない。ただ、口元が皮肉げに引きつったのがわかった。

「冗談だ」

（あ……あんな真に迫る顔で言っておきながら冗談⁉）

愕然としていると、おかしそうに笑ったカシャに手をつかまれた。

（し、信じられない、この男‼）

憤慨するカレンを見てカシャは満足そうに目を細める。本当に、あり得ない。不安を煽り、心配する人をからかって遊ぶなんて、どういう神経をしているのか理解に苦しむ。

「もう戻りますっ」

「悪かった。そなたの反応が楽しくて、つい」

「ついじゃありません！」

踵を返したカレンは、次の瞬間、カシャに手を引かれて裏道に引きずり込まれた。

「なんなんですか、さっきから！」

怒鳴ったカレンは、いきなり抱きしめられてぎょっとした。引き剥がそうともがくが、細く見えるのに思った以上に力があってびくともしない。

「いい加減に……っ」

文句を言おうとしたら、見知らぬ男たちが近づいてきた。だらしなく服を着崩した男は背が高く筋肉質だった。後ろからついてくる男は中肉中背、はげ上がった頭くらいしか特徴がなく、続く三人はさらに印象が薄くて痩せ形というくらいしか目立ったところがなかった。

「おとなしくこっちに来い」

懐から刃物を覗かせながら男が声をかけてきた。

「ふむ、無粋な。逢瀬を邪魔する気らしいな」

ささやく声の異様な低さに、ぞわっと鳥肌が立った。

（なに、この感覚……!?）

カシャは自分たちが何者かにつけられていることに気づいていた。そして、彼らが接触しやすいように誘い出した。

灰色の瞳に青い焔が宿るような殺気——殺し合いを楽しむ姿に足がすくむ。

「よかろう。相手をしてやる」

カシャが腰布にさした短剣を手に取る。

暴れる気だ。

こんなところで、無関係な人たちを巻き込むことを承知の上で。

収穫祭が台無しになったらどれほどの人が悲しむか微塵も考えずに。

(農村地帯の収穫祭といえば大切なお祭りの一つでしょう！　そんなときに暴れようとしてるんじゃないわよ――!!)

カレンは大きく息を吸い込んだ。

「きゃああ！　痴漢！　なにどさくさにまぎれて私のお尻触ってるのよ――!!」

花火の音にかき消されないように腹の底から叫んだら、皆がいっせいに振り返った。

「痴漢？　どいつだ？」

「ああ？　痴漢だあ？　こんなところでふざけたことしてるんじゃねえよ！」

農民たちが近づいてくる。細身だったり太めな人がいたりするが、さすが農村地帯と言うべきか、誰もが見事に筋肉質で、誰もが収穫祭を邪魔する不逞の輩にご立腹中だ。

「その人たちです！」

キリッと指さすと、カレンたちに絡んできた五人の男がぎょっと身じろいだ。

「な、なに言ってやがる。俺たちは……」

「私のお尻、触ったじゃないですか！　信じられない！　両手でつかんだくせに!!」

淫猥に指を曲げて大げさに身振り手振りまでしてみたら、農民たちの顔が怒りに引きつった。

カレンの訴えが強烈だったのか、指の関節を鳴らしながらやってくる彼らに新たな農民が加わって、二十人ほどに増えていた。

「お、おい、行くぞ」

さすがに不利を悟ったのか、男たちはそそくさと逃げていった。カレンはほっと胸を撫で下ろし、素早く農民たちに向き直った。

「助けていただきありがとうございます。はじめて収穫祭に来たのでとても不安だったんです。こんなに頼もしい方たちがいらっしゃって、ご家族の方もさぞ心強いでしょう」

スカートをつまんでしとやかに一礼したあと、感極まったと言わんばかりに胸の前で手を組んで勇姿をたたえる。すると彼らは照れたように笑顔を見せ、カレンが花火を見上げるのにつられて空を仰いだ。

「まあ、ご覧ください！　大きな花火！　王都でもこれほどのものは見たことがございません！　なんて素晴らしいのでしょう！」

そもそも王都で花火を見たことがないのだが、カレンは大げさに褒めた。農民たちが誇らしげにうなずくのを見てカレンは笑みを浮かべる。

（よし、後始末終了）

下手に隠して詮索されるより適度に情報を与えたほうが、相手の欲求も満たされて言及も避けられて一石二鳥だ。

もう一度丁寧に礼を言うと、農民たちはわらわらと去っていった。

「たいした演者よの」

カシャが呆れ顔だ。グレース関係でちょいちょいトラブルに巻き込まれては隠蔽しているせいで、故郷にいたときより対処がうまくなった気がする。

「あんなところで暴れたら被害が大きくなります。助けを求められる状況なら、力を借りるべきだと私は思います。あなたがこれからどういう立場になるかはわかりませんが、人の力を正しく借りることは、あなたにとって有益になると思います」

ヒューゴがまさにその典型だ。貴賤にかかわらず優秀な人間を重用し、国を動かしていく。侍女でしかないカレンの意見でも有益と判断すれば迷わず採用するくらいだ。

「生意気な小娘め。――ラ・フォーラス王国の王がそなたを特別視する意味がわかったわ。なるほど、これはなかなかにそそる」

蠱惑的に微笑んで手を伸ばしてくる。とっさに後ずさるとなにかにぶつかり、カレンははっと顔を上げた。

「悪ふざけが過ぎるぞ、カシャ・アグラハム殿」

不快感をあらわにするヒューゴが、カレンを守るように背中から抱きしめていた。安堵したとたん、全身から力が抜けた。

「大丈夫か、カレン」

「だ、大丈夫です。ご心配をおかけしました」

慌てて体に力を入れると、無理はするなと言わんばかりにそっと背中をさすられた。視線が合うと、柔らかな笑みが返ってきた。

（う、わぁ……っ）

愛情がにじむ眼差しに鼓動が跳ねる。

ヒューゴはカレンから視線をはずしてカシャを見た。

「どこに行ったかと探し、カレンの声に駆け付ければこんなところにいたとは」

責める口調だ。

「下々の生活を覗き見るのはなかなか愉快だぞ」

悪びれなくカシャが笑うとヒューゴの表情が険しくなった。

その後、グレースとともにハサクなどの護衛やお付きの人がやってきて、テントでの宿泊は不用心だとヒューゴが強く訴えたため屋敷に帰ることになった。

カシャは男たちに絡まれたことを誰にも伝えなかった。

カレンもまた、カシャがグレースに対して抱く〝違和感〟を誰にも伝えられなかった。

悶々（もんもん）としていたカレンは、その日、なかなか寝付けなかった。

もっとも、眠れなかったのは、誰がどこでどう寝るかを揉（も）めはじめる王様と王妃様に困惑したからでもあったのだが。

第五章　トラブル発生らしいですよ！

1

カレン・アンダーソンが近衛兵相手に護身術を習いはじめた。

なぜ護身術。なぜ今ごろ。と、ヒューゴは首をひねった。

そもそもどうして近衛兵に指南を仰ぐのだろう。護身術ならヒューゴにも教えられる。一通り武術はたしなんでいるのだから、請われれば喜んで応じていただろう。

「ヒューゴ様がお忙しいから気を使ったんでしょう」

そんなこともわからないの？　と、グレースが冷ややかに問う。彼の妻は、近ごろやけに彼に冷たい。仮面夫婦だし同性だから前から甘い空気は皆無だったけれど、最近はなにかと突っかかってきている。

「あ、クズ皇子」

刺繍の手を止めカレンの鍛錬を眺めていたグレースがさらりと毒を吐いた。異国の皇子がカレンに積極的に接触するようになって、グレースの反応が以前にも増して刺々しい。

グレースが鼻息荒く客間を出ていくのを見て、ヒューゴも羽ペンを置いて立ち上がった。

「待て、俺も行く」

「駆除してきます」

グレースを追いかけつつヒューゴは首をひねる。グレースに対する興味が失せたのか、近ごろカシャの強襲が減った。タイミング的に収穫祭でなにかあったと考えるべきだが、カレンからの報告が一向にない。

だからよけいに気になってしまう。

「……まさか、男の気を惹くのがうまいのか……？」

だとしたら、本人が無自覚なだけにたちが悪い。やきもきと外に出たら、すっかり近衛兵と打ち解けたらしいカレンが、カシャ相手に護身術の稽古をしていた。

「……どうなってるんだ、あれは」

「物怖じしない性格なのは知っていたけれど、あそこまでいくと才能ね」

あれは才能なのか、だったら長所に違いない、と、グレースの言葉を聞きながらヒューゴは心中複雑だ。ヒューゴと同じように心中複雑らしい護衛のハサクは立ち尽くし、いつもは涼やかな表情の侍女ビャッカが、あからさまに顔を引きつらせているのが滑稽だった。

「侍女に護身術は必要ないと思うんだが」

ヒューゴが声をかけると、近衛兵たちがいっせいに整列し、カレンもスカートをつまんで一礼した。こういう仕草は王城に来たときと比べものにならないほど優雅で美しくなった。が、中身はやはり以前のままだと、ヒューゴは次に聞こえてきた答えで実感することになる。

「必要になるときがくるかと思いまして」

危険が迫ったら普通は人を呼ぶ。そもそも危険な場所に行かないよう気をつけるものだ。けれど彼女はトラブル体質なので、指摘をあきらめ「俺が教えてやろう」と提案した。

「基本的な護身術は――」

「つかませないことです。先ほど、近衛兵長に教えていただきました」

肩を抱き寄せようと伸ばした手がパシッと払われ、ヒューゴの口元がかすかに引きつった。よけいなことを教えたな、と、ヒューゴは近衛兵長を睨み、不思議そうに首をかしげるカレンに気づいて慌てて「そうだな」とうなずく。

しかしこれでは触ることができない。

「拳は鼻に叩き込む。無理なら股間を蹴り上げる、ですよね。陛下」

「……その通りだ」

力強く身構えるカレンを見て、もう少しかわいらしい護身術はないものかと真剣に考える。

「――体術は限界があるので銃でいいのでは？」

カシャを警戒しつつグレースが提案すると、カレンがぱっと目を輝かせた。待て。ちっともかわいくないぞ、とは思ったが、カレンが嬉しそうだったので「悪くない」とうなずいた。

「私、弓は得意なんですが銃は触ったことがなくて」

「……はじめてか」

そうか初体験か、そうかそうか、と、ヒューゴが口元をゆるめる。

「射撃であれば、余も教えてやれるぞ」

「いや、俺が教える」

「余のほうが教えるのがうまい」

「俺のほうがカシャ殿より的確に指示できる」

「――では、どちらがうまいかカレンに判断させよう。ハサク、銃をこれえ！」

ハサクが素早く銃を差し出したので、ヒューゴも近衛兵から銃を受け取った。豊かな国は武器まで派手らしく、カシャが手にした銃には細やかな模様が彫り込まれていた。

しかし、冷静だったのはそこまでだ。

「構えてみよ」

銃をカレンに渡したカシャが、肩に右手を、腰に左手を添えるのを見てヒューゴの顔が険しくなる。

「ヒューゴ様、出ていますよ。お顔に嫉妬が」

するすると寄ってきたグレースの指摘にヒューゴが口をおおった。そんなにあからさまだったか、と視線だけで問うと、にっこりと微笑みが返ってきた。感情の制御は得意なのに、なぜだかカレンのことになると理性が働かなくなる。

「困ったものね」

「――お前だって、面白くないという顔をしているぞ」

ヒューゴの指摘に美しい顔がわずかに歪む。悔しそうな表情だ。

「私には射撃を教える知識がありません」

だから見ていることしかできない。それが悔しい。そういうことらしい。

ヒューゴは一つ溜息をつき、グレースに銃を差し出した。

「いいの？」

「武器の所持を王妃に禁じる法はないからな。それなら腕力のないお前でも問題ない」

「陛下、王妃殿下に武器は……」

「護身用だ。用心に越したことはないだろう」

ぎょっとする近衛兵長に告げつつグレースに銃の構え方と安全装置の場所を教え、近くにある木を指さす。

「反動が強いから肩を脱臼しないように脇を締めるんだ。照星はわかるか？　銃身の先にある突起だ。これで照準を合わせる。木のくぼみを狙ってみろ」

ヒューゴの指示にグレースは戸惑いながらも銃を構え、不器用に木に銃口を向けた。銃身がかすかに震えている。引き金に指をかけるが、なかなか引くことができないようだ。

ヒューゴはちらりとカレンを見て、密着しつつ指導するカシャに顔をしかめた。割り込もうとしたら銃声がして、近衛兵たちが「おお」と声をあげた。

グレースが放った銃弾が、指示した場所に見事に着弾していた。

「も……もう一発、撃ってもらっていいか。今度はその上のくぼみだ」

次の指示を出したヒューゴは、二発目も見事着弾させたグレースに仰天した。三発目も、四発目も指示通りに着弾させた。

「――たいしたものだ」

「肩が凝るわ」

グレースは溜息をついて銃を下ろした。意外な特技に近衛兵たちは色めき立ち、カレンも目をきらめかせた。

「ふうむ。やはり女人（にょにん）というより……」

「皇子！　照準の合わせ方をもう一回教えてください！」

カレンがぐいぐいとカシャを押しつつ要求する。カレンがいやがっていれば引き剥（は）がすが、どう見ても彼女のほうが積極的だ。見ているとイラッとした。

その日から、王妃と侍女のおかしな訓練がはじまった。

ヒューゴにとっての利点は、グレースへの指導がいい気晴らしになったことと、慣れない銃に四苦八苦（しくはっく）するカレンに密着しつつ指導できるという密（ひそ）かな楽しみを得たことである。

「カレン、腰をもっと落として」

「こ……こうですか？　あ、すみません……!!」

銃を構えた拍子にカレンがヒューゴにぶつかった。慌てて離れるカレンを抱き寄せ、背後から抱きしめるようにする。すると彼女が真っ赤になった。

「そのままでいい」

特訓とはいえ外で人目もはばからずに抱きしめられるのは新鮮だ。

オロオロするカレンの姿も愛らしく、ゆるむ口元を引き締めるのに苦労した。

ヒューゴが銃に手を添える。

「力を抜いて」

「は……はい。でも、あの」

「手元に集中するんだ。危険だぞ」

身じろぐカレンの耳に唇を寄せて警告する。くすぐったそうに肩をすくめた彼女がますます赤くなったが、決して逃げたりはしなかった。

こんなやりかたは卑怯だとわかってはいる。だが、最近ではグレースの警戒が強く、夜もカレンを守るようにして眠ってしまうので、まともに触れないのだ。

おかげで欲求不満なのだ。こうでもしないとモヤモヤして仕方がない。

「そういえば、厨房によく顔を出しているようだな」

「は、はい。少しお手伝いを……」

ヒューゴの指示通り銃に集中しようとするも、彼女の声はすっかりうわずっていた。質問攻めにしていれば訓練の時間が長引くのではないか──そんな不埒なことを考えていると。

「ヒューゴ様」

残念なことにグレースがやってきて、素早くカレンを奪っていった。

「──訓練中なのだが」

「ヒューゴ様の教えかたは効率が悪いわ。近衛兵長か、……まだ、カシャ様のほうがマシなのでは？」

どうやらヒューゴの下心に気づいたらしい。グレースの口調が刺々しい。

「そういえばカシャ殿を見ないな」

こほんと咳払いして辺りを見回すと、グレースに抱きしめられていたカレンが反応した。

「収穫祭のときに襲ってきた男たちが不自然だと話したら、調べるとおっしゃっていました。三日ほど前のことです」

「──待て。襲ってきた？　収穫祭のときに？　だから護身術を？」

なにも聞いてない。そんな重大なことをなぜ伝えないのか──不満が顔に出てしまったのだろう。カレンが全身を強ばらせる。

無理に聞き出す気なら抵抗するぞ、と言わんばかりにグレースに睨まれ、ヒューゴは口を閉じた。カレンはあくまでもグレースの侍女だ。行動すべてに報告の義務があるわけではない。少し、冷静になる必要がある。

ヒューゴは即座に語調をゆるめた。

「状況が知りたいだけだ。カシャ殿と二人きりになったときだな？」

カレンは躊躇(ためら)いながらも顎(あご)を引き、そのときのことをかいつまんで話した。が、聞き終わった後でも、襲ってきたごろつきのどこが不自然なのかわからなかった。

「あれだけ派手に着飾っていたら目をつけられても不思議はないだろう」

「襲われたとき、装飾品はすべてはずしていました」

「服装が」

「服も変えていました」

「髪が」

「布を巻いていました」

いくら顔立ちが整っていても、地味な服装から金持ちを連想する人間はいないだろう。カレンが不信感を抱くのも致し方ない。そう納得したら、さらに言葉が続いた。

「手頃な布を手に入れようといろいろな店に出入りし、服も安いものがほしかったので何軒も回りました。花火を見るため集まった人で混雑した中、テント張りの露店を突っ切る形で何軒も歩いていたら、いくら目をつけていても普通は見失いませんか？」

収穫祭の人混みはすさまじかった。なにせヒューゴがカレンを見失ってしまうほどだったのだから。

それほどの混雑の中で完璧に捕捉されていたのなら、なんらかの意図があって然るべき――カレンはそう考えたらしい。「それから」と、彼女はたたみかけるように言葉を継ぐ。

「一般的な認識ですが、あんな場所に本物の宝石を身につけてくる人はいません。貴族であればなおさら正体を隠すでしょうし」

「貴族なら地味な服装をして、逆に派手に着飾れば模造品を疑うわけか」

道理だ。であるなら、ますます襲う意味がなくなる。

「それに、ごろつきは金目のものをよこせとは言わなかったんです。こっちに来いって、そう言ったんです」

「狙いがお前という可能性もなくはないぞ」

「――否定はしませんが、彼らが見ていたのは私ではなく皇子でした」

窮地ながらも観察はおこたらなかったらしいカレンがきっぱりと告げる。王都の路地裏で不逞の輩に囲まれなにもできなかった彼女を思うと、ずいぶんと成長している。

厄介事に巻き込まれる体質のカレンには、護身術ではなくより実践的な体術を教えるべきなのかもしれない。

「それにしても、カシャ殿が標的か……」

王族が狙われるのは珍しくない。武人であるヒューゴは護衛を嫌うが、賢王とたたえられた父ですらつねに数人の近衛兵をしたがえていた。カシャは皇子で、十人いる皇太子候補の一人だ。同じ皇太子候補から命を狙われても不思議はない。が、ラ・フォーラス王国は彼にとって海を越えた〝異国の地〟である。特徴的な容姿の刺客がついて回ったらヒューゴの耳にも入っているはずだ。

悶々(もんもん)としていると「それだけ?」とグレースがカレンに尋ねていた。カレンがちらりとグレースを見て、観念したように「実は」と言葉を続けた。

「皇子は勘がよくて、グレース様に違和感を抱いています。だから、できるだけ接触させないように、ちょっと裏工作を」

グレースのところに行かないよう地味に邪魔をし、ときには話しかけて注意をそらし、彼が興味を持つだろう話題をふって遠ざける——ごろつきの話題も、そうした努力の一環であったらしい。カレンはここ数日、避けていた相手と積極的に接触していたのだ。

「大丈夫なのか、それは」

「お任せください。グレース様の秘密は必ず守ってみせます」

それももちろん大事だが、カレンのことも心配なのだ。もうちょっと自由に動ければと思わずにはいられない。

その日、ヒューゴはカシャのもとに行き、ごろつきがどうなったのかを尋ねた。

彼はあっさりと「知らぬ」と答えた。

「襲ってきた相手に心当たりは？」

「余にあのような下賤な知り合いはおらぬわ」

取り付く島もない。グレースのことも尋ねたかったが、下手に訊くと興味を持たれてカレンの努力が無駄になりかねないので自重した。

――同日、夜。

新たな火種が屋敷を襲うとも知らず。

2

カレンの朝は、太陽とともにはじまる。

夜に溶け込んだ大草原に光の切れ目ができるさまはただただ美しく、白みはじめた空から星が足早に去っていく様子も目に楽しい。

風を斬る音に気づき、近衛兵が鍛錬に励んでいるのかときょろきょろと辺りを見回す。

どうやら音は、屋敷に隣接する森から聞こえてきているらしい。

木の枝をかき分けて奥を覗くと、薄闇の中、白い仮面をつけた男が黙々と剣を振っていた。

強い風に、男の足下に咲く花が色とりどりの花弁を揺らす。舞い上がる花びらと剣を持つ男は、それが一枚の絵のように独特の雰囲気を放ってカレンの目を奪った。

(え、ちょっと待って！　ハサクさんって周りに人がいなくても仮面をはずさないの!?)

さすがに不自然すぎたが、われに返ったカレンが注目したのはそこではなかった。視線が吸い付いたのは彼の手元――反り返った独特の形状の剣だ。陽光さえ切り裂けそうな剣の刃紋に息を呑み、ついふらっと近づいてしまった。

木陰から出たカレンは、ハサクが身じろぐのにも気づかずに刀剣に顔を寄せる。以前、首筋に突きつけられたときは、その状況と黒い刀身に気を取られて見落としていた。

「間違いない！　これ、アッカーマンの肉切り包丁……!!」

「アッカーマン……」

上から声がして、カレンは顔を上げる。

(今、ハサクさんがしゃべったの？　なんかこの声、聞き覚えが……)

仮面をつけているせいか、くぐもってはっきりとしない。無意識に仮面に手を伸ばすと、するりとよけられてしまった。

血の色の耳飾りがゆらりと動くのを見て、カレンは慌てて手を引っ込めた。表情は仮面に隠されているが、困惑しているのが伝わってきた。

「すみません。そ、その剣、料理人が生涯一本は持ちたいと願う伝説級の業物、アッカーマンの肉切り包丁と同じ刃紋なんです。ラ・フォーラス王国では料理包丁専門ですが、リュクタル

では武器になってるんですね。職人が海を渡ったのかと思うとロマンです……!!」

硬直したハサクが、そっと剣を差し出してきた。一介の侍女でしかないカレンを警戒する必要はないと判断したのか、思いがけず友好的な態度だった。

武器は武人の命というフレーズが、ジョン・スミスの著書にあった。

「触っていいんですか?」

武人がなにより大切にする武器に目を輝かせたカレンは、ドキドキと手を伸ばして柄に触れる。リュクタルの皇子専用の護衛としては、異例と思えるほど質素な作りの剣だった。

「お、重……っ」

鞘ごと剣を受け取ったカレンが驚愕の声をあげる。

(こんな剣を普段使ってるからハサクさんの腕も太くてガチガチ——ん?)

納得して長袖の上からハサクの腕をつかんだら、思ったより細くて柔らかかった。

「な……っ……!?」

短く声をあげたハサクが、体を守るように両腕を回しつつ逃げていった。案外と面白い動きをする人だ。

カレンは放した手をにぎにぎと動かす。普段着る体にぴたりと貼り付くような服とは違い、ゆったりとした服で体全体が隠れているとはいえ、イメージしていたものとあまりにも違う。

異国の騎士は鍛え方にも特徴があるのかもしれない。

「ハサクさんって見た目より華奢（きゃしゃ）なんですね。陛下が結構筋骨隆々（きんこつりゅうりゅう）なので……」

（つまり、ハサクさんは武人じゃなくて剣士なのね。腕力より技術の人なんだわ！　貴人は美しくあれっていうほどだから、貴人の護衛も雅（みやび）なんだわ……!!）

　納得してから「剣を抜いてみてもいいですか？」と尋ねると、ハサクが腕をさすりながらうなずいた。カレンは神妙な顔を作って剣を鞘から抜いた。

「ああ！　これです、これ！　見てください、この美しい刀身！　繊細な細工もできるのに骨すら断ち切る究極の包丁！　ハサクさん、切れ味が悪くなったら言ってください！　私、心を込めて研（と）ぎますから!!」

　かかげてくるくる回りながら訴えたら、ハサクが顔をそむけながら肩を震わせた。

「し、信用してないんですか!?　王城の調理場の包丁、全部私が研いだんですよ!?　職人が磨いたみたいだって大好評だったんですから！」

　主張すると「そうなのか？」というように視線を戻してきた。

「ですから、安心して預けてください」

　胸を叩いてうなずきつつ鞘に戻した剣を返す。受け取った剣を改めて確認しているところを見ると、ちょっとは心を動かされているらしい。

「ハサクさんは毎日この時間に鍛錬を？　他（ほか）の護衛の方とも一緒に鍛錬されてますよね？　すごいですねえ。あ、私はこれから厨房のお手伝いです。ハサクさん、リクエストはありますか？　メモしてくだされば夕食にお出ししますね」

　提案すると考えるような間があった。

「意外と好みにうるさいんですね」

　なるほどと納得しているとハサクが顔を上げる。なぜわかる、という雰囲気。

「私、故郷では牛の世話も手伝っていたんです！」

　胸を張って明朗快活に答えたら、ぶはっと吹き出されてしまった。

「ここは笑うところじゃなくて感心するところですよ⁉　家畜と同列かと怒るところかもしれませんけど！」

　ぎょっと訴えると、ハサクの肩が激しく震えた。いつも堅苦しい空気をまとっていたからもっと気難しい人かと思ったら、案外と気さくな性格なのかもしれない。

　カレンは息をつき、足下に咲く白い花を確認しながら抜いていく。土の中から現れたのは、白い球根だった。ハサクの視線を感じながらカレンは口を開いた。

「収穫祭のときに皇子を見失ったのはハサクさんの責任ではありません。と、私は思います。だからあまり自分を責めないでください」

　ハサクの笑いが収まる。驚いたような気配。なぜ、そう問う声はカレンの耳には届かなかったけれど、彼の思いは伝わってきた。

「わかります、それくらい。私も主を持つ身ですから」

（……ん……？）

ハサクから伝わる強い戸惑いにカレンが顔を上げたとき、背後から物音がした。はっと振り返ると、白髪を風になびかせ、褐色の肌の侍女ビャッカが歩いてくるところだった。

「ハサクが笑うのをはじめて見ました。驚きました」

（お、驚くって、全然びっくりしてるように見えないんですけど）

仮面で顔が見えないハサクと同じように、ビャッカの表情もまるで読めない。が、侍女は感情をそぎ落として主に仕えるものだ。そういった点ではビャッカほど完璧な侍女は存在しないだろう。

「おはようございます、ビャッカさん」

球根を手に立ち上がって、敬意とともに一礼する。

「おはようございます。……なにをされているんですか？」

「武器を見せていただいていました」

やはり特別なことだったらしく、ビャッカの眉がわずかに動いた。が、手本とすべき侍女はすぐに平静を取り戻して「そうですか」とうなずき、カレンの手元を見た。

「これはレラント草です。球根部分が薬味として使えるんです。って、そうだ、早く厨房に行かないと。ハサクさん、剣を見せてくださってありがとうございました」

カレンは二人に一礼し、いそいそと花畑を出るついでに球根を追加で回収し、厨房へと向かった。朝の厨房は戦場で、朝食の支度でごった返していた。

「おはようございます。お手伝いします」

「おお、カレン！　悪い、芋剥き(いもむ)を頼む！　量が多いが――」

「すぐ取りかかります。あ、これ、薬味です。あとで使うので下処理をお願いします」

顔なじみの料理人に球根を渡し、汚れてもいいように樹脂が塗られた専用のエプロンをメイド服の上から身につける。

「カレン、リュクタルの人たちに出す料理の味つけ、今日もお願いできる？」

「お任せください。人数分、食材をわけておいてくださいね」

「助かるわ。あなたの味つけだとみんな残さず食べてくれるのよ」

厨房の奥からかけられる声にこころよく応じると笑顔が返ってきた。

香辛料をたっぷり使ったリュクタルの刺激的な食事は、ラ・フォーラス王国の味つけとはまったく違う。同じ味にするなら香辛料が大量に必要だが手に入らないため、知識を総動員して似た味になるようわずかな香辛料と薬味を組み合わせて再現することになった。

(初日に食べさせてもらえたのは幸運だったわ)

リュクタルの皇子様ご一行が屋敷に来た日の夜、彼らが作ってくれた料理――あの知識がなかったら、再現なんて不可能だっただろう。はじめから作ると時間がかかるので、味つけだけを別にするという案も無事に採用されて厨房の負担も軽減されている。

キノコののった網カゴを見て、カレンは近くにいる料理人に声をかけた。

「茶色のずんぐりしたキノコ、ドクタケ草です。中毒を起こします。二つで致死量です」

三本のっていたのでより分けると料理人が青くなった。

「ドクタケ草!?　カオリダケじゃないのか!?」

「違います。岩場などの取りづらいところに自生するのであまり間違えて食べることはないんですけど、私、子どもの頃に空腹に耐えかねて焼いて食べたら死にかけて」

父にものすごく怒られた記憶がある。なんでもかんでも口に入れる子どもだったから、毒草の類は一通り叩き込まれ、ついでに燻煙剤の作り方も教えてもらったりした。洗剤などもその過程でできた副産物だ。

「そういえば昨日もコマ草が食材に並んでましたよね」

「ああ！　あれも助かった！　食べたらかぶれるんだよな？」

「口腔から食道、胃や腸までまんべんなくただれるので、初期症状の呼吸困難で窒息死です」

「あ……ありがとう……助かった……本当に助かった……。あんなのリュクタルの皇子に食べさせたら、俺たちの首が飛んでた」

そっと涙をぬぐいながら感謝され、カレンは微苦笑を返した。

「お役に立ててなによりです。……食材って、どこから買ってるんですか？」

「近隣の農村からだ。今まで危険なものなんて交じったことないんだがなあ」

特定の場所から購入しているが、近隣の村となると範囲が広すぎる。意図的なのか偶然なのか調べるには時間がかかりそうだ。

「……そうですか。あ、一応、今後もチェックしますね」

「頼む！　助かる！」

拝まれたので「お任せください」と返した。

（にしても、これで何度目？　はじめは香草の中にリグラの葉が入ってたわよね？　次は果物にまぎれてキイの実。どっちも麻痺系の毒だったし……）

最初はこっそり抜いていたがあまりにも多いので指摘して抜くようにした。

「カレンって植物にも詳しいのね」

芋剥きに精を出す下働きの女に感心されたカレンは、「田舎で育ったので」とうなずいた。

「じゃあここの生活は性に合うんじゃない？　ずっといてもいいのよ？」

「魅力的なお誘いですが、グレース様の侍女は私だけなんです。寛大にも厨房の手伝いを許可してくださったあの方に、こちらでお世話になると伝えたら悲しまれます」

「そっか……そうよね。たった一人しかいない侍女ですものねえ。お心の広い王妃様に感謝ね。あなたがいなかったら、本当に大変だったんだから」

時間ができるたびに顔を出して手伝っていたら、厨房の人たちとすっかり顔見知りになった。そんなこんなで朝はグレースを起こすまでのあいだ厨房を手伝い、お湯をもらって客室に戻るという生活を繰り返している。

（朝食のあとは宰相さんの部屋に様子を見に行って……）

賑やかな厨房の音に耳を傾けていると、不自然なざわめきが聞こえてきた。顔を上げると、ギルバートが厨房に入ってくるところだった。

（な、なんで屋敷の主人が早朝の厨房に来るの⁉）

起こされるまで寝ているのが貴人である。起こされても寝ている者も少なくないのに、ギルバートは明らかにおかしな時間におかしな場所に顔を出していた。出かける予定なのかと思ったら、朝食のスープを変更するよう要望を出しに来ただけだった。

（使用人を部屋に呼べばいいのにわざわざ来るなんて……ああ、料理長がパニックに）

あたふたする料理長の姿を見ていたら、ヒューゴも周りを驚かせるタイプだと気づいてちょっと口元がゆるんだ。運が悪いことにそのタイミングでギルバートと目が合って、「なぜお前がここにいるんだ」という顔をされた。だが、彼はそのまま厨房を出ていった。

（お、お、怒られるかと思った……‼）

カレンは一応客人である。立場は下級使用人だが、扱いは貴人と同等になる。それが厨房に入り込んで芋剥きをしていたのだ。誰も咎められなかったのは奇跡だろう。全身から力を抜いてぐったりしていると、一緒に芋の皮を剥いていた女が神妙な顔になった。

「レオネル様の体調、だいぶよくなったのよね？」

「はい。お医者様からも、もう動いても大丈夫だと許可が出ました。無理は禁物ですが、しばらくしたら王城に戻ると思います」

宰相家の生活が間もなく終わる。寂しさを感じつつ剥いた芋をカゴに置いて薬味に手を伸ばすと、香辛料を運んできた若い料理人が「カレンも戻るのか!?」と、声をかけてきた。

「もうしばらくいればいいのに。この前教えてもらった巻き毛牛の肉の焼き方、あれを俺が覚えるまでは！　すごく評判がいいんだ。火の入り具合とか、食感とか！」

力説すると、体格のいい料理人が大鍋に入った野菜を炒めながら振り返った。

「ソースのレシピをメモしておいてくれないか？　チーズで作ったやつがうまかった」

実家でも人気の一品だ。さすが宰相家の料理人、見る目がある。カレンが感心しながら取り分けられた料理にリュクタル風の味つけをほどこす。刻んだレラント草の球根を加え、軽く炒めて大皿に移す。肉料理やスープにも薬味と香辛料で味をつけていく。

「パンの焼き方も！　白くてふわふわのパンなんて味気ないと思ってたけど、年寄り連中に好評でな。あれを食わせろって、両親がうるさくてうるさくて」

できあがった料理にレラント草を添えたカレンは、貪欲な料理人たちに苦笑した。

「わかりました。その代わり、一つ条件があります」

「じょ、条件？」

厨房がざわついた。

「タナン村の実家が宿屋をしてるので、時間ができたらぜひ利用してください」

「タナン村って、めちゃくちゃ田舎……」

「今回作った料理以外にもいろいろ食べられますよ。タナン村ならここでは手に入らない食材も多いですし、姉の料理の腕は私以上です。料理人なら行って損はないかと」

「カレン以上……!?」

田舎と聞いて尻込みしていた料理人たちがいっせいに身を乗り出した。

（ふふふ。食いついてる、食いついてる。うまくいけば宿も繁盛するかも！）

一流の腕を持ち貪欲な彼らなら、定期的に足を運んでくれる可能性がある。評判になれば、田舎の小さな宿屋でも、従業員を雇えるくらいには人を呼び込めるかもしれない。

「ところで、その花は？」

「レラント草です。花も薬味として使えるんです。お屋敷の西側にある花畑で採れるんですけど……あ、あの花畑、食用にできる花がたくさんあるので、サラダに添えると見栄えがいいですよ。ヴィクトリア様のお屋敷でいただいたんですが、華やかでおすすめです」

「あとでどの花が食べられるか教えてくれ！」

ヴィクトリアの名前を出したせいか、いつも以上に料理人たちの食いつきがいい。カレンはこころよく応じて盛り付けを終わらせた。

「本当に、もっといてくれたらいいのに。あなたが来る前は屋敷中が暗くてね」

食器洗いを手伝おうと流し台に向かうと、女の料理人が複雑な顔で息をついた。

「なにかあったんですか？」

「一年前に奥様が亡くなられたの。それから旦那様はずっと塞ぎがちだったのよ。レオネル様はお忙しくて帰ってこられなかったし……こんなときに、フィリップ様がいらっしゃったらって。あ、フィリップ様はレオネル様のお兄さまで、旦那様の跡を継いで宰相をされていた方なのよ。侍女と……その、駆け落ちをして、もうずっと連絡がないのだけれど」

声がひそめられる。

「お寂しかったんでしょうね。奥様が亡くなって、その反動が一気にきたみたい。無気力だと思ったら急に苛々しはじめて大変だったわ。だけどあなたたちが来て、ここしばらくとても生き生きしてる。陛下やレオネル様のために狩りにも行かれてみんな驚いたわ。滅多に来ない厨房にも顔を出して、あんなに張り切ってらっしゃる旦那様は本当に久しぶり」

女の声が自然と弾む。

（ここに〝孫〟がいると知ったらクレス公爵閣下はどう思うのかな。消息不明の長男が死んでいると知ったら――）

カレンはぎゅっと唇を噛んだ。モヤモヤとしながらも食器を洗うカレンは、廊下が騒がしいことに気づいて顔を上げる。直後、中年の使用人が青い顔で厨房に飛び込んできた。

「手のあいてるやつは手伝ってくれ」

お仕着せの使用人の慌てように驚いた料理人たちが、何人か調理台から離れた。

「どうしたんだ？」

「泥棒が入ったらしい」

料理長が使用人の言葉に眉をひそめた。

「なにかの間違いだろう。一階はすべて鎧戸を閉めているし、陛下がいらっしゃるから夜間の見回りの回数だって増やしてるんだ。泥棒なんて……」

「窓が一つ壊されてた。家具倉庫の窓だ。いくつか部屋が荒らされたらしい」

盲点だったのか料理長は顔を強ばらせる。使用人がつばを飲み込み、言葉を続けた。

「荒らされたのは、リュクタルの皇子が使っている衣装部屋だ」

皆の顔が真っ青になった。

（……待って。皇子の衣装部屋⁉　金剛石でギラギラの宝飾品が盗まれたってこと⁉）

被害額を考えるとめまいがした。

「私、グレース様と陛下にお声をかけてきます」

カレンは慌てて厨房を飛び出した。


客室に行くと、ヒューゴとグレースはすでに起きていた。

「騒がしいな」

少し眠そうに声をかけられ、カレンはうなずく。

「お屋敷に泥棒が入って、部屋がいくつか荒らされたそうです。その中に、皇子の衣装部屋があったらしくて……すぐこちらにも連絡が来るかと」

答えたあと、グレースを隣室に案内してドレスを準備する。衣装部屋として使っているのは使用人部屋である。安全を期してカレンとグレースがヒューゴの使っている客室に移動してから広いベッドを共有することになったので、カレンの部屋がなくなってしまったのだ。

(この状況って、他の人からはどう見られてるんだろう。王妃つきの侍女が、王が滞在する客間で寝起きって……へ、変な噂が立ったりしてないわよね……!?)

ヒューゴとグレースに奪い合われながら夜を過ごしているなんて、きっと誰も思っていないだろう。ひやひやしつつグレースの身支度を整えているとギルバートが客間にやってきた。

会話は聞こえないが、内容はわかる。身支度を終える直前にギルバートが部屋から出ていって、カレンたちは入れ違いにヒューゴのもとに戻った。

「犯人の目星は？」

グレースに尋ねられてヒューゴは首を横にふった。

「手分けして捜している段階だ。被害額についてはまだ不明だそうだ。どうやらずいぶん派手に荒らされていたようだな」

「――カシャ様は、衣装部屋に見張りを置かなかったんですか？」

　思わずカレンが尋ねると、ヒューゴは軽く肩をすくめた。

「そのようだ。剛気(ごうき)というか、適当というか……カシャ殿がいる客間には護衛が全員控えていたが、衣装部屋は鍵(かぎ)をかけていただけだったそうだ」

「配置がおかしくないですか」

「宝石は国に戻ればいくらでも手に入るからな」

　金持ちは金銭感覚も常人とは違うらしい。

（もしかして、ごろつきに襲われたから警戒してる……？）

　さすがに恐怖を覚え、護衛を寝室に集めていたら運悪く泥棒に狙われたのか。

（……いやいやいや、それだと屋敷の内情がダダ漏れってことにならない!?　衣装部屋には見張りがいないって、屋敷の誰かが泥棒に伝えたことにならない!?　けど……）

　優しい人が善人だとは限らない。傷つけるためだけに親しげに近づいてくる人間がいることを、カレンはもう知っている。

「食後に捜索の手伝いをしてもいいでしょうか」

　カレンの申し出にヒューゴは驚き、グレースは険しい表情になる。

「だめよ。あんなバカ皇子のために危険を冒すことないわ」

「グレースの言葉も一理あるが、それ以前にお前が動くとだいたい物事が大きくなるだろう」

ヒューゴの指摘にカレンは肩をすぼめた。「できるだけ穏便に頑張ります」と答えて様子をうかがう。

無言で見つめていると、ヒューゴは視線を泳がせ、次いで大仰な溜息をついた。

「わかった。その代わり」

——と、いうことで。

「……あの、陛下」

食後、なぜだかヒューゴと一緒に捜索の手伝いをすることになってしまった。グレースはヒューゴに諭(さと)され、近衛兵とともに客室で待っている。

「ここから賊が侵入したのか」

ヒューゴがまず行ったのは、泥棒が壊したという窓だった。外から見るとかなりの高窓(たかまど)で、人がかろうじて通れる大きさのはめ殺しである。

「カレン、じっとしてろ」

ひょいと横抱きにされた。

「な、な、なんですか、これは!?」

「窓に届くか?」

「届きませんよ、全然！」

(見ればわかるじゃないですか！　楽しんでませんか!?)

胸中で突っ込むと、案外あっさりと下ろされた。ほっと胸を撫で下ろすと「肩車ならどうだ」と、にじり寄られた。

「肩車って」

確認したら微笑まれた。

「足を開け」

「い、いやです！　だめです！　そんな卑猥な！」

「なにを考えてるんだ、たかが肩車だろう。別に俺は太ももを堪能したいわけじゃない」

ぶわっとカレンの頬が熱くなった。

「絶対にだめです――!!」

カレンはスカートを押さえて後ずさる。子どもの頃、父にしてもらったときは視界がぐんと広がって楽しかったが、今思うととんでもない体勢だった。肩車は幼少期の特権だ。男の顔を両脚で挟むなんてとんでもない格好、乙女がしていいものではない。淑女は足を見せないという一般常識が崩壊しまくってしまう。

涙目のカレンが壁際に追い込まれたとき、宰相家の使用人たちがやってきた。

「ちっ」

(ぎゃあああ！　陛下が舌打ちした――!!)

誰も来なかったらヒューゴに太ももを堪能されていたかもしれない。困惑顔の使用人が救世主に見えた。

「陛下？　このような場所になぜ」

「泥棒が入ったと聞いた。子細は？」

ヒューゴはカレンから視線をはずすと年配の使用人に声をかけた。

「まだ調べている最中で、報告できることはありません。先ほど、警邏隊にも早馬をやりました。自分たちはこれから近隣の村に話を聞きに行こうと思いまして」

「そうか。悪いが、なにかわかったら報告を」

「かしこまりました」

年配の使用人が一礼すると、後ろに控えていた者たちも一礼し、いっせいに去っていった。

「さて、続きを……」

むろん、ヒューゴが振り返ったときには、カレンは安全な場所まで逃げていた。

「離れすぎじゃないか」

「理想的な距離だと思います」

答えてから窓を指さす。

「中は家具部屋なので、脱出時の足場は問題ないかと思います」

じりっと近づいてくるヒューゴからじりっと逃げていると、溜息が聞こえてきた。

「問題はそこじゃない」

ヒューゴの言葉にカレンはうなずいた。

（そうなのよ。家具部屋って普段あまり使わないから警備が手薄なのよね。そのうえ、家具部屋は皇子の部屋から比較的近い場所ってのが作為的というか、計算尽くというか）

「内通者を疑わざるを得ない状況だな。……いや、これはむしろ……」

ヒューゴが足下を確認してガラス片を拾う。窓とガラス片を何度も見比べている。

「どうかされましたか」

音をたてないよう慎重に割ったのか、ガラス片の多くは窓の真下に落ちていた。なにが気になるのだろうかと窓と足下を交互に見ていたカレンは、「あっ」と小さく声をあげた。

「この窓、内側から割られてるんですね」

「ここから侵入したのなら、外側から割って内側にガラス片が落ちる。出入りの際に多少は外にも落ちるだろうが、ほとんど外に落ちているとなるとさすがに不自然だ。なんらかの理由で侵入時に通った場所が使えなくなって脱出するときに割ったか、あるいは」

「外部の人間の犯行だと思わせるために工作したか」

カレンの言葉にヒューゴがうなずいて草の上を指さした。

「一応、足場を置いたらしい痕跡はあるが、人が乗ったにしてはへこみが小さい」

「……脱出時にやむを得ず使ったら、そもそも足場は用意できませんよね？」

「内部の人間だな」

ヒューゴがあっさりとうなずいた。

（あ……あれ？　私今、犯人を捕まえるために推理してる？）

乙女たちの心をつかんで離さないジョン・スミスの著書に出てくるバーバラとアンソニーのように。

（最新刊は公爵家、序列第二位の名門ハッスドベルグ家の子弟が攫われ、濡れ衣を着せられたアンソニーがバーバラとともに犯人を見つける今までにない展開！）

なるほどあれは啓示だったのかと、カレンは鼻息を荒くする。

「カレン」

「つまり自作自演ですね、神!!」

バーバラに横恋慕した子弟が、邪魔なアンソニーを貶めるために一芝居打ったのだ。これに今起こっている事件をあてはめるとおのずと犯人も見えてくる。

「犯人は皇子です！　いかがですか、神！」

きりっと返したらヒューゴの目が据わった。

「ひとまず落ち着け。いい子だから物事を順序立てて考えよう。それから俺は神じゃない」

「神です！　だってバラアンの作者！　ジョン・スミスは――」

さっと口を押さえられた。

「次に言ったら、その唇を俺の唇で塞ぐぞ」

「りょ、……了解しました、か……」

「神じゃない」

「へ、陛下」

もごもごと答えると苦笑が返ってきた。そのまま顔が近づいてきて、手のひら越しに唇が触れてきた。じかにキスをされたわけではない。けれど、視線を合わせたままの擬似的な触れあいは妙に生々しくて、カレンは狼狽えて後ずさった。

「忘れるなよ、花嫁殿。次に言ったら貪るぞ」

ヒューゴが手のひらに唇を寄せた。ちゅっと音をたててキスをするのを見て、カレンは悲鳴をあげて駆け出した。

「いやあああ！」

だめだ。狙われた小動物の気分だ。しかももう皿の上にのっている気がしてならない。とにかく冷静になれる場所に避難しなければ――そう思っていたら、追いついたヒューゴに肩をつかまれた。足の長さと体力を完全に忘れていたのだ。

「へ、陛下」

「あまりそういう顔をするな。襲いたくなる」

怯えている相手を見るとそそられるらしい。完全に肉食獣の発想だ。が、彼は肉食獣であっても紳士的な肉食獣であったらしい。

カレンから手を放し、その手でカレンの髪を撫でた。

「口説くと言ってるだろ。その気にさせるから待っていろ」

「じ、自分から食われに行く予定はないのですが」

カレンの訴えに、ヒューゴは喉の奥で低く笑った。

(うわあああん、こういう仕草好きだけど、それ言ったら絶対墓穴——!!)

ふるふると震えながらカレンはそっと目をそらす。そんな仕草もまたそそるのだと知らない彼女は、耳まで赤くなってうつむくのだ。

「さて、次にどこへ行くか」

こほんとヒューゴが咳払いするのを聞き、カレンはそっと顔を上げた。愛おしそうに見つめられ、慌ててうつむいて「荒らされた部屋に」と提案する。うわずった声が震えてしまったのは致し方ない。好感を抱いていた相手に求められたら、だいたいの乙女は心が揺れるはずだ。

カレンは自分に言い聞かせ、先導するヒューゴの広い背中を見つめた。

(陛下ってすごく姿勢がいいのよね。歩きかたがきびきびしてて気持ちいいし。あ、……歩く速度が落ちた)

ちゃんとカレンがついてきているか心配しているらしい。ちらりと背後をうかがったヒューゴが、ほっとしたように表情をゆるめてから前を行く。

胸の奥がほっこりとあたたかくなる。こういうさりげない気遣いが、大切にしてくれているのだと伝えてくる。

（ほ、ほだされてしまいそう……!!）

大胆に迫ってくるかと思えは、こうして遠回しに優しくしてくれる。その落差にカレンは振り回されてしまうのだ。しかし、そんな甘やかな時間は、二階に上がると一転した。

廊下に宰相家の使用人と皇子の使用人が集まっていた。どうやら責任の所在について揉めているらしい。

「今は言い争っている場合ではないだろう」

ヒューゴが声をかけると、皆がいっせいに口を閉じた。カシャの滞在する客室からギルバートが現れ、改めてヒューゴに深謝した。

「陛下もご滞在いただいているときに不祥事が起こったこと、深くお詫びいたします」

「お前の責任ではない」

「いいえ。私の不手際です。どのような処罰も受ける所存です」

「――こちらに被害はなかった。カシャ殿は？」

ヒューゴが尋ねると、ギルバートは室内を見た。ソファーにしなだれかかったいかにも眠そうなカシャが、ひらひらと手をふってきた。窓辺に立つ護衛も、ソファーの脇に立つハサクも、これといって窘めたりしないのが相変わらず奇妙だった。

「入ってくるがよい。おお、カレン、そちも余が恋しくて会いに来たか。近う寄れ」

廊下で待機しようと思っていたカレンは、カシャに呼ばれて硬直した。が、ヒューゴに目でうながされ、客間へと入った。作りはヒューゴの部屋と同じだが、床の敷布や壁にかけられたタペストリー、ソファーにかかった金糸銀糸の布のせいで、まるで違った印象を受ける。

(目がチカチカする……!!)

水差しは自前なのだろう。金色で金剛石がふんだんにはめ込まれていた。ベッドシーツも赤地に金糸の刺繍。屋敷の中でここだけ異国の風が吹いている。

「被害は?」

ソファーに腰かけさっそく質問を口にするヒューゴを見つつ、カレンは邪魔にならないよう壁側に立った。

カシャがけだるげにソファーに座り直した。

「うむ。宝石がいくつかなくなっているようだが、正確にはわからぬ」

「なぜわからないんだ?」

貴人の貴重品は侍女や侍従が管理するので、リストを照らし合わせればすぐにわかるはずだ。まさか管理していないのかと疑念の目を向けると、カシャは軽く肩をすくめた。

「部屋が荒らされて、確認に手間取っておる。まったく、嵐(あらし)のようよの。荒々しいこと」

普段から相当な金額の宝飾品で全身を飾るカシャが、今日は指輪数個に首飾りを一つだけしか身につけていなかった。どれほどの被害が出ているのかとカレンが身震いしている状況なのに、当の本人は焦ることなく楽しそうに笑っているのだ。

（り、理解できないわ、お金持ちって！）

「不審な音は？　目撃情報や、不審者は？」

「なにも」

カシャの返答にヒューゴの表情が険しくなった。前戦にも出向くラ・フォーラス王国の王は、危機感のなさすぎるリュクタルの皇子に不満を抱いているらしい。

（確かに、陛下ならこの手の失態はないだろうけど）

大切なものは身を挺して守るタイプだ。客間にグレースを呼び入れたのもグレースを心配してのことだし、カレンも一緒に呼ばれたのはカレンのことも心配していたからで。

（ついでよ、ついで。グレース様を呼んだから、グレース様の侍女も呼んだだけ！）

眠っていると、たまにヒューゴが髪を撫でてくれる。何気ない行動から伝わってくる優しさまで思い出し、カレンはそっと目を伏せた。

「部屋を見せてもらっても？」

「むろん、構わぬ」

カシャと話しても得るものがないと判断したのかヒューゴは立ち上がり、カレンに目配せして部屋を出ていく。ギルバートとカシャに一礼し、カレンはヒューゴを追った。

いくつか部屋が荒らされていると言っていたが、驚くべきことに、そのほとんどがカシャの衣装部屋だった。

（客間をたくさん借りてたのは知ってたけど、お付きの人の部屋だと思ってた！　まさか複数の部屋にまたがって衣装があるなんて……！　ギラギラの服が収まってるなんて!!）

そのギラギラが部屋中にばらまかれて目がくらむほど床が輝いていた。

「……これだと、なくなったものを把握するのも大変ですね……」

それでも管理するのが使用人の仕事だが、さすがに量が多すぎる。カレンが派手な衣装を確認しながら片づけている侍女たちに同情の眼差(まなざ)しを向けると、彼女たちもカレンに気づいて独特の仕草で一礼した。

（て、て、手伝いたい……!!）

しかし、高価なものばかりが散乱しているので手が出せない。カレンの顔がよほど途方に暮れていたらしく、異国の侍女たちは顔を見合わせ「大丈夫」というように微笑んでみせた。

カレンはちらりとヒューゴを見る。

「貴人は美しくあれ、か。俺には理解できない感性だな。なくなっているものはあるか」

ヒューゴが声をかけると侍女たちがいっせいに手を止め、戸惑うようにビャッカを見た。この中で大陸の言葉を話せるのはビャッカだけなのだ。

「装飾品がいくつか紛失しています。すべてを確認するには数日かかると予想されます」

ビャッカは無表情に答える。

「こういった被害は過去にもあったのか？」

「はじめてです」

「――不審な人間を見た者は？」

　ビャッカは振り返り、侍女たちに声をかける。独特のアクセントで紡がれる言葉は柔らかく、どこか煽情的だ。侍女たちが首を横にふるのを見てビャッカは視線をヒューゴに戻した。

「誰も見ていないそうです」

「……そうか。他の部屋は？」

「隣の部屋は調べ終わっています」

「隣を優先した理由は？」

　質問が意外だったのか、ビャッカは少しだけ表情を硬くしてから答えた。

「とくに多くの貴金属が置かれた部屋だからです」

「見ても構わないか」

「ご自由に」

　許可を得て、カレンはヒューゴとともに隣の部屋へと移動した。

　そして、震えた。クローゼットサイズの棚がいくつも並び、そこに大量の装飾品が収められていたからだ。

（宝石箱ならぬ宝石棚!?　ほとんど金剛石を使った装飾品じゃない！　冗談でしょ!?　この量

を常時持ち歩いてるの⁉）

正直、金剛石なんてカレンにとってはガラス玉と大差なく、デザインが多少違っても区別なんてつかなかった。よって、大量に持ち歩く意味がわからない。

「陛下、キラッキラです。同じデザインでサイズ違いの指輪が二十個あります。これ、両手両足につけられそうです。わあ、首飾りと耳飾り、鼻用まである⁉」

「こっちには金の防具がある」

金の鎖で編まれた服の襟元には金剛石があしらわれていた。確かに防御力が高そうだ。そうやって見ると、指輪も武器に思えてくる。

「指輪をはめて殴ったら攻撃力が上がりそうですね。あ、剣にも装飾が。陛下、ご覧ください。金の帽子です。兜です。翼の装飾がさりげなく下品です」

「──カシャ殿は着飾りすぎだと思っていたが、あれでもまだ控えめだったんだな」

ヒューゴが驚異の言葉を吐いた。

「宝石棚の一部があいています。これって……」

「盗まれたんだろう。正直、どれが高価なのか俺にはよくわからんのだが」

「私もです。私が泥棒なら、全部盗んであとで鑑定します」

高価なものだけ選んで盗んだとなると、泥棒は相当な目利きということになる。

（でも、リュクタルの皇子が安物を持ち歩くかしら？　高価なものの中から希少価値が高いものを選び出したってこと？）

　そうなると、目利きなうえに場数を踏んだ玄人の犯行ということになる。ふと思い立って、ドアの鍵穴を見てみた。表面にひっかいたような傷がある。

（鍵をこじ開けて、高価なものだけをこっそり持ち逃げする……でも、じゃあどうして部屋中を荒らしたの？　こんなに目立つところに宝石が入れてあるのに）

　なんだか矛盾している。カレンが泥棒なら、宝石を盗んでさっさと逃げる。部屋を荒らすあいだに見つかったら元も子もないし、発見を遅らせたほうが追っ手もまきやすい。

（内部の人間が犯人と仮定しても荒らすメリットがない。ああ、モヤモヤする……!!）

　カレンは棚を開けては渋面になる。不規則に盗まれた宝石と、荒らされた部屋。

（……なにかを探していた？　宝石以外のものを？）

　危険を承知で探さなければならなかったものがある。この部屋も、別の部屋も、だから荒らされた――では、なにを探していたのか。

（衣装部屋だけが荒らされているなら皇子の私物よね？）

　宝石棚を丁寧に見ていく。

（そういえば、ものを隠すときって変な癖が出るのよね）

　父に冗談っぽく言われたことがある。長子はものを上に隠す癖があって、末っ子は下の方に隠す癖があるというのだ。幼なじみに聞いたら全然そんなことはなかったのだが、なぜだかカレンは棚の下や絨毯の下に大事なものを隠し、姉は高いところに隠していた。

(あれって私が探し出さないようにお姉ちゃんは上に、私は小さかったから下に隠してただけのような気もするけど)

リュクタルの皇子はどこに隠すだろう。大事なものを。見られたくないものを。秘密を。

いったいどこに——。

棚をいくつか探していると、それぞれの模様に共通点があることに気づいた。鳥を描いた装飾にはめ込まれた宝石が微妙にずれているのだ。そして一つだけ金剛石ではなく金が埋め込まれた場所があった。

(なにかしら、これ。鳥の柄だけ順番になってるような……)

金剛石の代わりにある小さなへこみを、髪から引き抜いたピンで順番に押していく。最後に金の突起を押すと、棚の一部がはずれて小さな扉が現れた。

(ん？　これって隠し収納？　皇子のへそくりでも入ってたりして)

興味本位で開け、カレンは硬直した。扉の内側に真っ赤な布が張ってあった。扉の奥の小さな空間にも同じように赤い布が敷きつめてある。

そして、その中央には、透明度の高い、宝石とは思えないサイズの塊が鎮座していた。

見てはいけないものを見てしまい、カレンは驚愕とともに後ずさった。

「カレン、どうした？」

ヒューゴの問いにカレンは身震いした。

「……鳥の、卵、が、あります」

カレンの肩越しにひょいと宝石棚を覗き込み、ヒューゴの目が据わる。

「鳥？」

「お前はまたよけいなものを……」

責めるヒューゴにカレンは肩をすぼめた。緑鳥（りょくちょう）の卵の大きさの金剛石。リュクタルの皇太子候補は、カレンたちにそう説明していた。

至宝（しほう）。

リュクタルの皇帝が持つ王たる証（あかし）の宝石。唯一無二（ゆいいつむに）の特別なもの。

それが今、目の前にあった。


「ど、どうしましょう、これ。リュクタルから持ち出して大丈夫なものですか？」

「だめだろう、至宝だと言っていた。皇帝が持つべきもので、皇帝はリュクタルにいる」

「至宝の管理は守人（もりびと）の役割だと言ってました。皇子様ご一行の中に守人がいるとか」

「そういう要職は皇宮にいて、よほど重要なことがない限り国外には出ない。皇子の遊学に付き合うはずがない」

「で……ですよねー」

　思わず素で相づちを打った。

（それにしても、本当に立派な金剛石。サイズもだけど、加工技術が抜きん出てる）

　グレースが持つ宝石の管理はカレンの仕事だ。王妃とあって、彼女の持ち物はすべて一級品である。けれども至宝ほど見事な宝石は見たことがない。細やかなカットが光を弾き、少し見る角度を変えるだけでも溜息が出るほどキラキラと輝くのだ。

「……もしかして、賊の狙いはこれか？」

　ヒューゴが眉をひそめて思いがけない言葉を口にした。

「誤魔化すために他の宝石を盗って、部屋を荒らしたってことですか？　だけどそれだと、犯人も至宝が国外にあるって知ってることになりますよね？　持ち出し厳禁な宝石なら、皇子も軽々しく公言はしていないと思います。だから」

「カシャ殿は犯人を知っている。少なくとも、絞り込むだけの情報は持っている」

「でも、さっきそんなそぶりは……」

　なかった。少なくとも、犯人を追い詰めようという気概は感じられなかった。

「とんだ食わせ者だな」

　ヒューゴが溜息をつく。

「……も……もしも、ですよ」

　カレンがこっそりヒューゴをうかがい見る。視線だけで「続けろ」とうながされた。

「侍従や侍女、護衛の中に犯人がいると仮定したら、収穫祭に皇子が狙われたのは至宝が原因だったとは考えられませんか？」

「可能性としては捨てきれないな。いや、だからこそ、騒ぎ立てないということか？　カシャ殿からしたら公にできないものを探し回られているんだ。収穫祭のときはお前一人だったからおおごとにはならなかったが、今回は隠しきれなかった」

「皇子に訊いてみますか」

「――そうだな。どうせうまくはぐらかされるだろうが」

　ヒューゴがうなずくのを見て棚の扉を閉めようと手を伸ばす。こんな大きさの金剛石など二度と見られないだろうな、そう思っていたら、巨大で高価な塊がぐらりと揺れた。

「あっ」

　とっさに手を出し、転がり落ちた至宝をつかむ。心臓がバクバクした。硬度が高く少々のことでは傷がつかなくても、あまりにも特殊なもののせいで変な汗が噴き出してきた。

　ほっと息をついたとき、軽い音をたてて隠し扉が閉じた。慌てて宝石棚に手を伸ばすが、動揺しすぎてピンを取り落としてしまった。

（ぎゃああ！　棚が開かない！　至宝が私の手に！　私の手にいいいいい!!）

「落ち着け、カレン」

しかも、言葉とは裏腹に、どさくさにまぎれてヒューゴが後ろから抱きついてきた。

(陛下——!!　なんで楽しそうなんですか!)

ひいいっと胸中で悲鳴をあげつつ、もう一本ピンを髪から引き抜いて穴に差し込む。だが、楽しそうなヒューゴの笑い声と彼の息が首筋にかかって集中できない。

「陛下!　邪魔しないでください!」

思わず涙目で睨むとスリスリされた。

「違いますから!　懐けなんて言ってませんから!」

なぜだろう。大型犬に慕われている気がしてきた。しかもなんだか気持ちがよくて強引に引き剥がせない。なんとか離れてもらおうと必死で訴えていたらノックの音がして、カレンはわれに返ると力いっぱいヒューゴを押しのけた。

ドアが開き、ビャッカが現れる。一瞬、なにをしているのかという顔をした彼女だが、いつものようにすぐさま表情を消し去って一礼した。

「カシャ様がお呼びです」

「わかった」

今までじゃれついていたのが嘘(うそ)のようにキリッとヒューゴが答える。

(こ、この人は……!!)

カレンは乱れた息を隠すのに必死である。思わず睨むが、ヒューゴから嬉しそうな笑顔を返されて、ぐぬぬっと口を引き結んでうつむいた。

（それよりこれよ！　至宝！　どうするのよこんなもの！）

規格外の大きさの石に、カレンはすぐさま真っ青になった。ビャッカの目があるから隠し扉を開けて戻すわけにもいかない。そこら辺にこっそり放置——というわけにも、さすがにいかないだろう。

（人払いしてもらって、皇子に直接尋ねてみるしかないわね。至宝のせいで狙われてるんじゃないかって。どうしてこんなものを持ち歩くのかも訊きたいし）

カレンは至宝をスカートのポケットに入れる。幸いエプロンをつけているから不自然な膨らみも目立たずすんでいた。

「大丈夫か？」

ヒューゴに声をかけられ、カレンはうなずく。

「問題ありません」

至宝のことを言われたのだと気づき、カレンはしずしずと答える。が、ポケットが予想以上に重くて歩くのがぎこちなくなってしまった。

（歩幅を不自然にならないよう調整して、足に至宝がぶつかっても弾まないようにそっと歩いて！　ああああ、なにこれ歩きにくい……!!）

小粒の金剛石ならこんな苦労はなかっただろう。規格外なサイズが恨めしい。

そしてカシャのいる客間に戻ったカレンは、至宝の恨み言すら忘れるほどの衝撃に立ち止まった。

テーブルの上に金ぴかの箱が置かれていた。箱の蓋(ふた)はすでに開いていて、光沢のいい真紅(しんく)の布がぎっしりと詰め込まれていた。そして、その中央には、規格外の大きさの金剛石が。

カレンはとっさにスカートの上からポケットを押さえた。布地越しでも間違えようのない存在感——至宝は、カレンのポケットの中にある。

けれど、テーブルの上にも宝石があった。カレンが持っているものと寸分の狂いもない〝緑鳥の卵〟サイズの金剛石が。皇帝の証が。

「——それは?」

動揺を隠してヒューゴが問うと、カシャは自慢げに微笑んだ。

「リュクタルの宝よ。至宝と呼ばれる唯一無二の宝石である」

「なぜそれがこんな場所に?」

ギルバートやリュクタルの人間の目がある。どうして至宝が二つあるのか訊きたいのをぐっとこらえ、ヒューゴが無難な問いを口にしたのが伝わってきた。

「余はいずれ守人となる身。ならば持ち歩いても支障はなかろう」

真っ青になる護衛たちの動揺から推察するに、とても容認できる行動ではないのだろう。だが、相変わらず皇子に進言できるほど勇気のある者はいないらしく押し黙ったままだ。

「ここはいささか物騒なようだ。ついては至宝をそなたに預けようと思う。ラ・フォーラス王国の王は武人と聞く。至宝を託すのにこれ以上ない相手とは思わぬか」

突飛なカシャの言葉にヒューゴの口元がかすかに引きつった。

(正気!?　一国の王を小間使いみたいに使う気なの!?)

押し黙っていた使用人の一人、豊かな口髭の男が慇懃に一礼してカシャになにごとか話しかけた。言葉はわからないものの、彼が訴えた内容はおおよその見当はつく。至宝がここにある理由を問い、責める口調だ。これにカシャが答えると、護衛たちがいっせいに顔色を変えてヒューゴを見た。皆がなにごとかを口々に意見し、懇願しはじめる。が、カシャは軽く手をふってそれを制した。

(余に逆らう気か、とか言ってそう。うわあ、みんなが絶望していく……!!)

すがるような視線をヒューゴに向ける者までいた。

「……預かればいいのか？」

「陛下！」

断ると思っていたらしいギルバートがぎょっと目を剥いた。ヒューゴは至宝に手を伸ばし、無造作にひょいとつまんだ。護衛たちの顔が引きつるのは無視するつもりらしい。

至宝を光にかざし、ヒューゴが「見事だな」と呑気につぶやく。

「し、しかし、……王妃殿下もいらっしゃるのに、そのようなことは……」

「持っていたら必ず襲われるわけでもあるまい」

「それは、そうですが」

ギルバートが警戒しているのは、ヒューゴがリュクタルから軽視されることだろう。が、ヒューゴはちっとも気にしなかった。

「これはカシャ殿からの正式な要請だ。ラ・フォーラス王国を出るまでのあいだ、至宝は俺が預かる。それでいいんだな？」

ヒューゴが確認すると、カシャはにやりと笑ってうなずいた。

「無論だ。そなたなら容易に守りきれるであろう」

――これで、至宝が二つになった。

カレンはスカートの上から皇帝の証を押さえて青ざめた。


この世に二つとないはずの至宝が二つある。

どちらかが模造品と考えるのが順当だが、正直、どちらも同じものにしか見えなかった。二つ並べてランプにかざしてみたが、二つが入れ替わっても気づかない自信がある。透明度も光の反射具合も、もちろんサイズも手触りも同じなのだ。

これがごくごく小さなものだったなら気にしなかっただろう。古都(こと)の王女として振る舞い、今は王国の王妃という立場にあるのだから、宝石など見慣れていた。

けれど、それは明らかに〝異様〟だった。

「……これはなんなの……？」

国内では決して見ることのできない大きさの金剛石に、グレースが顔を引きつらせた。

「預かることになった」

書類を見ながらケロリとヒューゴが返す。

「至宝といってリュクタルの皇帝の証で、国外に持ち出されたと知られれば大変なことになるものらしい」

「――なぜそれが二つもあるんですか」

「リュクタルは金剛石を輸出する国で」

「このサイズの石がゴロゴロ出てくるなんて奇跡を、ヒューゴ様は本気で信じていらっしゃるんですか」

「やはり出てこないか」

「皇帝が持つほどの金剛石です。二つ目があるはずがないわ」

グレースは断言したが、目の前にあるのはどう見ても同じ石なのだ。こっそり採掘されたものがこっそり加工されたと仮定してみたが、皇帝の証の複製品を作るなど、軽く見積もっても死罪に値するだろう。どういう意図で作られたのか、なぜそれがここにそろってしまったのか、謎ばかりが増えていく。

グレースは溜息をついた。

夜、ようやく帰ってきたと思ったら、食後に「皇子から預かりものをした」と前置きしたヒューゴが金剛石を見せてきた。

そして、カレンがポケットから同じものを取り出して現在にいたる。

「これって絶対罠ですよね？　罠のにおいしかしないんですけど！」

カレンは涙目である。いつも生き生きと戻ってくる彼女が、どうやらだいぶ振り回されて疲弊しているらしい。

「大変だったわね、カレン」

「グレース様……‼」

よしよしと頭を撫でたら抱きついてきた。ヒューゴの顔が引きつるが知ったことかと無視をしてカレンを抱きしめる。〝同性〟として認識されているのをいいことに額に軽くキスをすると、カレンは驚いたように目を瞬いた。だが、グレースを信じきっている彼女は実に従順に受け入れて、差し出したザガリガの実を見ると素直に口を開けた。

唇に乾燥した果実が触れる。グレースを縛り付ける果実。未来すら縛り付ける鎖が、カレンの口腔に呑み込まれていく。

「――いい子ね」

うっとりとささやくと、身じろぐヒューゴと目が合った。

「ず……ずいぶん倒錯的なことをするようになったな」

困惑気味に指摘されてグレースは低く喉の奥で笑った。やはりおいしくないらしく、顔をしかめながらカレンがザガリガの実を咀嚼する。

「そうお思いですか？」

カレンを抱きしめながら思わせぶりに問うとヒューゴの顔があからさまに引きつった。今日一日で山積みになった書類が崩れるのも構わずに身を乗り出してくる。

「ま、待て待て待て、お前今なにを考えている⁉」

「ヒューゴ様には内緒です」

昼間、カレンを独り占めにしたお返しだ。本心など言ってやるものかとそっぽを向くと、ヒューゴがうめき声をあげつつ頭をかかえた。為政者でありグレースを助けた〝恩人〟であるのに、〝共犯者〟としての意識のほうが強いのか、ヒューゴは強引に聞き出そうとしない。そういう懐の広さがカレンをも惹きつける彼の魅力なのだと歯がゆく思いながらも、グレースは腕の中でおとなしくしている娘を見た。

彼女を見ていると、不思議な感覚に囚われる。

なにもかも奪い尽くしたくなるような、すべてを与え尽くしたくなるような、矛盾した欲求。

日増しに強くなるこの感情を、どう表現するのが適しているのだろう。

「あなたはどうしたいの？」

問いに、カレンが顔を上げる。

神経をすり減らして一日を終えた彼女の瞳から疲弊の色が消え、生気を得たように鮮やかにきらめく。皇帝の証である宝石よりなお美しいきらめきに、グレースは微笑んだ。

「カレン、あなたのやりたいようにやってみなさい」

「――とばっちりは俺に来るんだが」

王が情けないことを言い出した。珍しく弱気な彼を、グレースはふんっと鼻であしらう。

「そのくらい受け止められなくて一国の王など片腹痛いわ」

「お……お前も言うようになったな」

遠い目をしつつもヒューゴはグレースの言葉を否定しなかった。

第六章　真相究明らしいですよ！

1

一国を左右するほどの品を一日中持ち歩くというのは思った以上に神経をすり減らす。おかげで昨日はいつになく疲れていた。

（だけど、グレース様が超優しくて癒やされた……!!）

年下なのにお姉さんの貫禄だった。すっかり心酔し、一生ついていこうとカレンは決意を新たにする。もちろん、いずれ彼女を守れるような侍女になるのが目標である。

ヒューゴもなにかと構おうとしてくれた。もっとも、グレースにすべて阻止されてしまっていたが。

（よし、頑張ろう！）

いつものように朝日とともに目を覚まし、眠るヒューゴとグレースに小さな声で「おはようございます。いってきます」と声をかけ、メイド服に着替え護身用に銃を携帯してから客室を出る。

そして、ぎょっとした。ドアの脇に帯刀した近衛兵長が立っていたのだ。

「お、おはようございます」

「カレン殿、おはようございます。毎日感心ですね」

「いえ。オリヴァー様こそ、お疲れ様です。……あの、話を聞いて、護衛を？」

小声で尋ねるとミック・オリヴァーがうなずいた。

「陛下から内々に頼まれました。いつもは護衛をいやがるんですが、今回はさすがにそういうわけにもいかなかったようです。カレン殿にも個別で護衛を……」

「私は大丈夫です。これがありますから」

エプロンに隠れているが、ちゃんと短銃を持ち歩いている。それを示すと、ミック・オリヴァーは目尻を下げて「頼もしいですね」と返してきた。

（あれ？　なんかこの雰囲気、誰かに似てるような……誰だっけ？　身近にこういう癒やし系の男の人っていないんだけど……んー……あ！）

「ニコル！」

「ニコル？」

「い、いえ。あの、なんでもないです」

近衛兵長が不思議そうに首をかしげるのを見て作り笑いで誤魔化した。

（ああ！　そうよ、この雰囲気はニコルじゃない！　バラアンの影のヒロイン！　男だけどヒロイン以上にヒロインだとみんなから愛されるニコルじゃない！　きゃー!!　じゃあどこかにセバスチャンもいるのかしら！）

　思いがけない邂逅にカレンは興奮しながらも尋ねた。

「つかぬことをお伺いしますが、飄々としてて毒舌で、ちょっとイヤミっぽくて、でも傷つきやすいという面倒くさい知り合いはいませんか？」

「妹のローゼですね。第一近衛兵団の副団長をしていて、僕の右腕でもあります。今回は同行していませんが」

　あっさり返ってきた言葉にカレンは狼狽えた。

「いも……!?　え、あの、義理の妹さん？」

「いえ、実の妹ですけど……なにか？」

「な、な、なんでもありません！　お仕事頑張ってください——!!」

　ひいいいっっとカレンは胸中で悲鳴をあげて逃げ出した。ジョン・スミスの著書はもともとは妄想日記だ。身の回りの人をモデルに非現実な世界をつづり、それが出版社の目に留まって今日のヒットに繋がった異例の作品だ。バーバラとアンソニーのモデルがいるなら、セバスチャンとニコルのモデルがいてもおかしくはない。

（まさか同性じゃなくて兄妹なんて！　禁忌にもほどがあるでしょう！）

　触れてはならない禁断の扉だ。カレンは忘れることにした。

（よし、今日も一日頑張るぞー‼）

走るとポケットの中に隠してある至宝がポンポン弾むので、カレンはすぐに走るのをやめてしずしずと歩き出した。

（いやあ、朝から変な汗をかいたわ。おかげでちょっと至宝のこと忘れてたわ）

本来なら皇宮の奥で厳重に管理されているものが、メイド服のポケットの中で弾んでいるだなんて誰も思うまい。それを見越してカレンが預かっているのだが、異常事態に自然と顔が引きつってしまう。理性でなんとか動揺を抑え込み、カレンは屋敷から出た。

早朝、森を少し散策すると会えるのは、カシャの護衛ハサクである。朝の鍛錬では大きめの服を着るのが習慣なのか、今日もゆったりした服装で剣を振っていた。

「おはようございます。朝から精が出ますね」

皇子の付き人は大陸の言葉がわからない人が多い。だが、ハサクはどうやら理解しているらしい。アッカーマンの肉切り包丁の一件からそう判断したカレンは、笑顔とともに剣の鍛錬に励む男に声をかけた。

相変わらず彼の素顔は謎のままだが、意外と義理堅いことは伝わってくる。稽古の手を止めて会釈する彼からそう判断する。

「食べたいもの、決まりました？」

カレンの問いにハサクが首を横にふる。

（大陸の言葉がわかるなら、ハサクさんってかなり教養が高いってことよね？　他に大陸の言葉がわかるのはビャッカさんで、ぼんやり理解してるのは護衛団長のラカナさん、口髭が立派な侍従長のセイランさんと補佐の二人。片言ならわかるって人ならもう少しいるけど）

内部の人間が手を引いているのなら、そうした人がごろつきを雇ってカシャを襲ったと考えるのが順当だろう。

（遊学してるんだから、実地で言葉は覚えられる。普段は話せないふりをして、現地でこっそり人を雇って皇子を襲わせた可能性を考慮したら調査対象はリュクタルの人全員――あぶり出すの、簡単じゃないだろうなあ）

つらつら考えながら、カレンは手持ち無沙汰で立っているハサクを見た。

「あの、ハサクさんから見て、不審な動きをしている人はいますか？　あ、身内を売れと言っているわけではありません。ただ、このまま犯人を放置すると、いずれ皇子に危害を加えるのではないかと……不安で……」

仲間を疑われたせいか、ハサクから強い動揺が伝わってきてカレンは慌てた。

「すみません、よけいなことを言いました。忘れてください」

軽率な問いを謝罪し、カレンは気まずい空気の中、ハサクと別れた。

いつもならすぐ厨房に向かうのだが、今日は裏手に足を延ばした。森に入ると石壁に囲まれた井戸があり、早番の洗濯女たちが昨日出た洗濯物を賑やかに洗っていた。

「あら、おはようカレン。皇子様の衣装部屋が荒らされたって聞いたけど、被害はどうなの？　なにか聞いてる？」

「金剛石がいくつも盗まれたって本当？　家具部屋の窓が割られてたのよね？」

「怖いわ。泥棒なんてはじめて！」

洗濯女たちは恐怖の表情を作りながらも目をギラギラさせながら尋ねてきた。

「被害は、気にするほどではないそうです」

（一般人は首をくくる金額だけど）

心の中で言葉を続け、カレンは苦笑する。

「私も詳しくは聞いてなくて、皆さんならなにか知ってるかと伺いに来たんです。それにしても物騒ですよね。もしかしたら皆さんが犯人とばったり会っていたかもしれないなんて」

「え、そうなの？」

「ガラスが割れる音を聞きませんでしたか？」

カレンの質問に洗濯女たちが顔を見合わせる。どうやら誰も聞いていないらしい。

「だったら見回りの方が聞いたかもしれませんね」

「そんな話、していなかったわ。ガラスが割れてたら気づくだろうし」

「今は陛下もいらっしゃるから見回りも頻繁で、ルートも以前と違うのよ。同じ場所だと見落としがあるからって、屋敷から離れた場所も見回りの範囲になってるの」

「それって皆さんご存じなんですか？」

カレンが問うと、皆いっせいにうなずいた。

「ええ、四階の使用人部屋の廊下に貼り出されてるわ。臨時のことだから、間違いがあっちゃいけないって」

（うわあ、ますます内部の人間くさい……!!）

「三つの巡回のルートがあって、屋敷の周りと、それからもう少し広めに回るルートと、洗濯場を含む広範囲の見回り」

「屋敷の周りの見回りが、夜の何時におこなわれているかわかりますか？」

「えーっと、夕方六時に屋敷から一番遠い場所の見回りがはじまって、一時間おきだから、八時、十一時、二時、五時よ」

指を折りながら答えるのを聞き、カレンはぐっと唇を噛んだ。

（――それならガラスを割ったのは、朝日が昇る直前、まだ皆が寝静まっている頃）

部屋中を荒らしてからガラスを割った犯人は、何食わぬ顔でベッドに潜り込んだのだろう。

朝の混乱を予想して眠りにつくなんて、神経が太いにもほどがある。

悶々と考え込んでいると、皆の視線がカレンの背後に流れた。誰の目もこれ以上ないほど大きく見開かれ、中には目と口を同時に開けている者までいた。

奇妙に思って振り返ったカレンは、腕を組んで立っているヒューゴにぎょっとした。

「へ、陛下……!?」

「お前は勝手に一人で動くな」

怒った顔で腕をつかまれ、カレンは狼狽えた。こんなところに一国の王が来るなんて平時では考えられない事態だ。洗濯女たちの動揺もそれを裏づけている。

カレンは叫びそうになるのを必死でこらえて平静を装った。

「陛下こそ、まだお休みだったのでは」

深夜まで書類の確認作業に追われ、寝たのはかなり遅かったはずだ。就寝してまだ数時間といったところで、実際に彼の顔には濃い疲労の色があった。

「寝ていたなら起こせ。お前になにかあったらどうするんだ、俺が」

「そんなことは陛下が勝手に考えてください！」

ちゃらんぽらんなことを言ってずいっと迫ってくる寝不足なヒューゴに、カレンはたまらず悲鳴をあげた。

（疲れてるの知ってたから寝かせておいたのに――!!）

カレンはヒューゴを押し戻し、ぽかんとする洗濯女たちに一礼した。

「失礼いたしました。お仕事に戻ってください。陛下はこちらへどうぞ」

「まだ話は終わってないぞ」

「ちゃんとお伺いしますから！」

カレンはぐいぐいとヒューゴの背中を押して井戸から離れた。そのとたん、背後からものすごいどよめきが起こった。

「え、えええ⁉　なにあれ⁉　どういう関係なの⁉」

「陛下が侍女に迫ってなかった⁉　素敵！　憧れのジョン・スミスの世界よ――‼」

ちなみに本の中では国王が三人の女を妻として迎え入れていた。いつもであれば、バラアン読者を見つけて喜んだだろうが、さすがに今はそんな気になれなかった。

「陛下があんなに情熱的な方だったなんて！　ねえ、カレンって王妃様のお気に入りよね⁉　それって公認ってこと⁉」

訂正するために戻りたかったが、戻ればいっそう怪しく見えるだろう。

カレンは聞こえないふりを徹底した。

「ど……泥沼にはまっていく気分」

なまじヒューゴに好意を抱いているせいで逃げられないのが辛い。項垂れているとヒューゴがぴたりと足を止め、よろよろと後ずさってきた。

「――あそこに、木陰が」

「陛下、ここで寝ちゃだめです。寝るならお部屋に帰りましょう。ご一緒しますから部屋まで頑張ってください。陛下――‼」

正直、日が昇ったばかりで日陰も日向もないのだが、ヒューゴにはその木陰がとてつもなく魅力的に見えたらしく、木陰に向かってふらふらと歩き出した。止めようと腕を引っぱってもびくともせず、それどころかカレンを引きずって木陰に突進していった。

「理想的な木陰」

「正気に戻ってください、陛下……!!」

カレンの懇願は聞き流され、ヒューゴに巻き込まれる形で木陰に倒れ込む。後頭部を木の根に打ちつけてうめいたカレンは、はっと体を起こして仰天した。ヒューゴがカレンの太ももを枕のようにしてすやすやと寝息をたてていたのだ。

（寝顔がかわいいとか反則じゃありませんか!? 起こせないじゃない！）

ネジが切れたように寝入るヒューゴの無防備な姿に胸をときめかせ、われに返るなり押しのけようと肩に手をかけ――そして、あきらめた。気持ちよさそうに眠っている彼を突き放せなかったのだ。

「無茶ばかりされるからですよ。……今日だけですから」

髪を撫でると思った以上に柔らかくて手触りがいい。触れるほどヒューゴの表情が溶けていくのも面白い。

そうしてしばらく頭を撫でていたら、ふいに誰かが近づいてくる気配があった。

カレンは慌てて短銃を手にする。あたふたと安全装置をはずしていると、木陰から筋肉質な老人が現れた。

「なにをして――……陛下？」

ギルバートが銃を手に涙目になるカレンと、そんな彼女の膝枕で爆睡するヒューゴを交互に見た。

「その銃は？」

「へ、陛下を、お守りしなければと、お、お、思いまして……申し訳ありません……!!」

宰相家の主に銃口を向けるという失態に真っ青になっていると、ギルバートが「なにかと物騒だからな」と、あっさり納得してくれた。

武器を向けた不敬は不問にしてくれるらしい。カレンはほっとし、銃を戻す。

「陛下は寝ていらっしゃるのか」

「はい。……仕事自体は城にいるときより少ないようなんですが、昼間はなにかと気がかりが多くて執務に集中できない状況のようです」

気がかりの一端が自分という事実を思うと気が重い。グレースと一緒に部屋でじっとしているべきだったのではないかと、今さらながらに思ってしまう。

「――陛下はもともと武人だ」

聞こえてきたギルバートの声に、カレンは視線を上げる。

「戦地に出られることも多く、つねに気を張っている。城に戻られても熟睡などあまりされないし、他人がそばにいるときはとくにその傾向が強くなる」

ギルバートの言葉を聞きながらカレンはヒューゴに視線を戻す。無防備な寝顔。今もこうしてしゃべっているのに、深い眠りに落ちているのか身じろぎ一つしない。

「君はずいぶんと信頼されているらしい」

「め……滅相も、ございません」

全幅(ぜんぷく)の信頼だ。今、ヒューゴは命をまるごとカレンに預けてくれている。頼りない侍女に向けるには破格の態度にカレンは赤くなる。

「泥棒の件は、どうなっていますか」

動揺を誤魔化そうと質問すると、ギルバートが難しい顔になった。

「警邏(けいら)兵の話では、計画的なものだったのではないかと。確かに不審な点はいくつもある。巡回の時間を把握しているようなタイミングで、被害は皇子殿下の部屋が中心、盗まれた宝石もかなり高価なものばかり――ただ、疑問もある」

「なんですか？」

「盗まれていない宝石の中にも高価なものがあった。なんらかの基準があったのかもしれない」

それに関してはカレンも同意見だ。

「部屋を荒らしていたことに関しては？　なにか言っていませんでしたか？」

「なにかとは？」

「――金目のものが目的なら、荒らす必要はなかったのではと……むしろ、荒らせば異変に気づかれるのが早くなる。逃げる時間を作るにしても、利口なやり方ではありません」

「外部の人間であればな」

「……その通りです」

やはり矛盾がある。

(至宝を狙ったことを誤魔化すにしても不自然！　ああ、モヤモヤする……!!)

ヒューゴの頭を撫でながら考え込んでいたら、ギルバートに凝視されてしまった。慌ててヒューゴから手を離して作り笑いを向ける。ギルバートは小さく息をついて遠い目をした。

「息子と話している気分になるな」

「レオネル様ですか？」

「もう一人の方だ」

ギルバートの言葉にカレンは硬直した。

「そ、それは、侍女と駆け落ちしたという元宰相閣下……で、す、か」

いけない。露骨に聞きすぎてしまった。カレンが口をつぐむと、ギルバートが肩をすくめた。

「そのズケズケしたところが愚息にそっくりだ。まったく、いやな気分にさせられる」

辛辣に語るギルバートに押し黙ったカレンは、ようやくここで彼が釣り竿を持っていることに気づいた。

「――昼食は魚料理ですか。私、魚釣りは得意です」

話題を変えようと、カレンは胸を叩きながら自慢げに主張する。するとギルバートの眉が跳ね上がった。

「ほう。私も得意だ。若者には負けぬぞ」

「私の釣りは、釣り名人を自認する人たちから教わった由緒正しき田舎仕込みです。都会でぬくぬくと暮らす方に負けるはずがありません」

「よかろう。朝食後に勝負といこう」

「はい」

ギルバートの顔から険が取れていくのを見てカレンは大きくうなずいた。


目を開けると、青空とカレンの顔があった。

「おはようございます、陛下」

「……おはよう……？」

なにが起こっているのかわからずにぼんやりと返し、はっと起き上がる。辺りを見回し、カレンの膝枕で爆睡していた自分に仰天した。記憶が曖昧だ。書類の山に溺れ、黙々と目を通して途中で睡魔に襲われて――それから先の記憶がない。

「これから厨房に行ってまいります。食後にクレス公爵閣下と釣り対決をおこなって、それから聞き込みを再開する予定です。よろしいでしょうか」

「……ああ」

つまりそれまでは仕事をしていろということか。ヒューゴはうなずき、立ち上がって一礼し、しずしずと去っていくカレンを見送った。

リュクタル風の味つけは、なぜだかカレンが担当していると聞いている。厨房ではずいぶん重宝されているらしい。

「……釣り対決と言ってなかったか……？」

ギルバートと？　あの気難しい老人と？　どんな経緯なんだとヒューゴは首をかしげる。第一、ギルバートは長男が失踪(しっそう)してから次男であるレオネルを宰相として育てることに心血(しんけつ)をそそぎ、それがすむと隠居して王領で静かに暮らしていたはずだ。ときどきやってくる報告に、彼の焦燥ぶりが繰り返し書かれているのを覚えている。妻を亡くすとギルバートはさらに老け込んで、気難しい性格に磨きがかかって使用人たちですら近づかなかった。

そんな老人が、侍女と釣り勝負。

そこまで活発な性格だったかと首をひねり、ふいの来訪者をギルバートが歓迎し、交流を楽しんでいることを悟った。

「そういえば、若い頃は前戦にもついてきたと、父上が言っていたか」

ヒューゴが覚えているのは、期待をかけた息子が失踪して気落ちする姿ばかり。どうやらカレンが生来の彼を呼び戻したらしい。

ふっと口元をゆるめたヒューゴは、大きく一つ伸びをして立ち上がった。

2

朝食のあと、カレンは釣り竿を手にギルバートとともに近くにある川へ向かった。

ギルバートは練り餌を釣り針につけたが、カレンは川辺の小石をいくつも持ち上げ隠れている川虫を捕まえ釣り針に引っかけた。

（タナン村ではよく釣りをしたなあ。塩焼きもおいしいけど煮付けが……はっ⁉）

ギルバートの釣り竿がしなっている。

（嘘でしょ⁉　もう⁉）

仰天していると目が合った。ふっとギルバートが笑うのが見えた。一匹目は、丸々と太ったミサナゴだった。呆気にとられているとカレンの釣り竿にもあたりがきた。タイミングを合わせて釣り上げたが、ギルバートのものより一回り以上小ぶりだった。

（タナン村では負けなしだった私が、ここで後れを取るわけにはいかないわ……‼）

釣り針を再び投げ入れる。今度はカレンの竿にあたりがきた。が、ギルバートの竿も間もなく大きくしなった。恐ろしいことにこの老人、本当に釣りがうまかった。

「なかなかの腕前だな」

しかも、カレンのことを上から目線で褒めてきた。

「ク、クレス公爵閣下も、お上手(じょうず)でいらっしゃいますね」

一年竹で編まれたギルバートの魚籠(びく)には、この短時間でいったいどれだけの獲物が入っているのだろう。気になって仕方がないが、余裕の笑みでそう返した。

「――まったく、負けん気の強い娘だな」

「クレス公爵閣下こそ。ここは懐(ふところ)の広さを見せるため、若輩者(じゃくはいもの)に勝ちを譲る場面です」

「老人に花を持たせるものだろう」

「勝負事は手を抜かないのが私の美点なんです」

「気が合うな、私もだ」

ひょいっと魚を釣り上げて、ギルバートが挑発的に笑う。どうやら彼は、意地になるカレンを面白がりつつ釣りを楽しんでいるらしい。

「懐かしい。息子たちともこの川でよく釣りをしたんだ。上は一匹でも多く釣って私を負かそうと必死で、下は私より大きな獲物を釣り上げようと必死だった。また――」

続く言葉は声にはならなかった。けれど、カレンの耳には届いていた。

また、釣りがしたい。

ささやかな願いは、決して叶(かな)わない願いでもある。

(ああ、そっか)

カレンは竿をきつく握った。

(クレス公爵閣下は、ずっと待っているんだ。ずっと、ずっと、息子の帰りを)

一方で彼は、二度と息子に会えないと覚悟していたのではないか。だからレオネルを宰相として厳しく育てた。彼を見ていると、そこには深い愛情があったのだと思えてくる。

(急な帰郷だったのに宰相さんの部屋はちゃんと掃除されていたし、食材だってクレス公爵閣下がわざわざ狩ってきてくれていたし)

魚だって、弱っているレオネルのための食材なのだ。

「なんだ、手が止まっているぞ。勝ちは私に譲る気か？」

「いいえ、滅相もありません！　勝負の世界に忖度(そんたく)なんて存在しません！」

不器用な老人にキリリと返すと快活な笑い声が聞こえてきた。

それから一時間ほど釣りをして屋敷に戻った。釣果(釣れた魚の数)はカレンのほうが多かったが、総重量は圧倒的にギルバートが上だったのでその場では勝敗がつかず、料理長に採決を求めた。

結果、調理のしやすさや価格などからギルバートに軍配が上がった。

「さすがだ、カレン。お前はたいしたやつだ」

項垂れているとなぜだか料理人たちがカレンを褒めたたえてくれた。どうやらギルバートを上機嫌にしたことへの賛辞だったようだが、負けたカレンはちっとも嬉しくなかった。

　カレンは王の客間に戻るなり吼えた。

「地の利は敵にありました！　でも次にやったら私が勝ちます！　絶対です！」

「ギルバートに対抗心を剥き出しにするのはお前くらいだ。レオネルが放心しているぞ」

　呆れ顔のヒューゴがソファーに腰かけるレオネルを指さした。以前よりいっそう細くなったが顔色はだいぶいい。そんなレオネルを前に、カレンは素で叫んでいた。

「勝負です！　対抗心があって当然です！」

「ギルバートは貴族だぞ。うまく勝たせて持ち上げてやるものだろう」

「貴族とか関係ありません――!!」

　ヒューゴの正論にカレンが憤慨すると、グレースがぽんと肩を叩いてきた。

「真剣勝負だからこそ勝ったときの喜びもひとしおなんでしょう。次は全力で取りに行きなさい、敵の首を」

「わかりました、グレース様！」

「お、お前たちは遠慮と配慮という言葉を学習しろ」

　ヒューゴに窘められたが、グレースの許可が出たのでカレンは無視した。主人の言葉が第一なのだ。ちなみにグレースの前には至宝が二つ並んでいた。相変わらずどちらが本物なのかさっぱりわからない。

「入れ替えて渡してもバレないいんじゃないの？」

「やってみますか」

「やめろ。あとで絶対に問題になるから」

グレースの興味深い試みは、冷静なヒューゴによって止められてしまった。

「わたしが寝ているあいだに、ずいぶんいろいろあったようですね」

レオネルが至宝に視線を落としてつぶやく。かいつまんで状況報告は受けているが、戸惑いは隠せないようだった。

「クレス公爵閣下と、次は弓勝負をすることになりました。成人男子並みの飛距離をご覧に入れます。獲物数も重量も、次は絶対に勝ちますので！」

「カレン、落ち着け。そこじゃない」

ヒューゴが訂正すると、レオネルが小さく笑った。

「父は負けん気が強くて小うるさい性格ですが、カレンさんとは気が合うみたいですね。ありがとうございます。これを機に人との接し方を思い出してくれるといいのですが」

「クレス公爵閣下は大丈夫です。愛情深い方ですから。とても不器用ですけど」

カレンが断言すると、レオネルが驚いて目を見開き、ヒューゴが笑った。

「カレンがそう言うなら心配ないんだろう。で、なにか収穫は？」

過分なほどの信頼を寄せてくるヒューゴにカレンの背筋が自然と伸びた。まっすぐヒューゴに向き直り、カレンは〝収穫〟を言葉にする。

「釣り勝負をはじめて三十分ほどたったときに警邏兵が来ました。収穫祭で皇子に絡んできたごろつきを捕まえたという報告です。彼らは知り合いにそそのかされたと訴えているそうですが、その知り合いとは連絡がつかないようです」

「――消されたか」

ヒューゴが物騒なことを口にした。レオネルの表情も険しくなる。

「よくない状況ですね」

「ああ。短絡的すぎる。余裕がない証拠だな」

ヒューゴとレオネルの表情が引き締まる。カレンはそろりと手を挙げた。

「公爵閣下も、衣装部屋を荒らしたのが内部の人間だと考えているようです。午後から一人ずつ詰問すると言っていました」

「宰相家に仕える使用人だ。身元は確かだろう。今回の一件に荷担しているのなら、死を覚悟している可能性が高い。簡単に口を開くとは思えないな」

「もし仮に、賊が狙っていたのが至宝だとして――ここにあるのなら、次に狙われるのは陛下ということになるんですか？」

「俺を倒せるだけの腕があれば、リュクタルでも武将に取り立てられているぞ」

ケロッと自慢話が入ってきた。刹那、抱きしめられたことを思い出した。実戦で鍛えられた体は筋肉質でしなやかで、まるで野生の獣のようだった。戦場での彼は、きっと誰より頼もしいに違いない――と、そこまで考え、われに返る。

（な、なに考えてるの、私！　今は至宝のこと！　ええっと、陛下が強いことはわりと有名よね？　じゃあ、襲われない？）

「……陛下が至宝を持っている限り、安全ということになるんですか？」

「一時しのぎだ。返したとたん、カシャ殿が襲われかねない」

今までの強引なやり方を考えれば、カシャが命を落としかねない。押し黙っていたレオネルがおもむろに口を開いた。

「至宝を狙っている相手の正体がわかれば、交渉の余地もあるのですが」

「と、申されますと」

カレンがレオネルを見る。

「皇帝の関係者なら、皇子の愚行を不問にすることを条件に至宝を返却する」

「――関係者でない場合は」

「皇帝に仇なす者として捕らえる。この場合、皇子の手柄としたうえでリュクタルに連行するのが好ましいです。苦しい言い訳ですが、不穏な動きをする者をあぶり出すため至宝を持ち出したとでも言って」

「苦しいですね」

「今までのやり方や、現時点でヒューゴ様のところに来ないのを見ると、皇帝から正式な要請を受けて至宝を取り戻しに来たのでないことは明白――」

「つまり宰相さんは、至宝を奪って利用したい第三者が犯人だとお考えですか？」

「その通りです」

「……だから皇子はあまり他人を信用していないんでしょうか。現地の女性を適当に口説くのも人目を増やすためで、衣装部屋が荒らされたあと護衛を全員客間に呼び入れたのも、誰が犯人かわからないから警戒してるとか」

「誰が犯人かわからないなら、全員遠ざけないか？」

意味がわからないと言わんばかりにヒューゴが口を挟む。カレンは思案しながら答えた。

「それは陛下が賊を返り討ちにする自信があるからです。……もしかして、警戒していることを、相手に悟らせないため……？」

特定の人間を重用すれば勘ぐられる可能性が出てくる。

（ハサクさんを二十四時間護衛につけるのは実質不可能として、交代要員が必要になる。そのときに敵を身近に置くわけにはいかない。かといって、同じ人ばかりを護衛につければ不自然に思われる。敵の目星はついていていても確信はない、としたら）

「――だから、〝バカ皇子〟のふりをしている……？」

傲慢で自由気ままな皇子を演じ、敵も、敵でない相手も煙に巻いているのか。

（どうしてそうまでして遊学するんだろう。後宮にいたほうが安全なのに、あの皇子、本当に謎すぎる）

悶々としていたらみんなの視線がカレンに集中していた。

「な、なんでしょうか？」

「なにか気づいたことは？」

ヒューゴの質問にカレンは肩をすぼめた。

「もしかしたら皇子は、身の危険を感じ続けているのではないか、ということくらいです。至宝とは関係なく、皇子の行動は警戒心の表れという気がしてなりません」

「……ただの女好きよ？」

グレースの言葉にカレンは苦笑を返す。

「ちょっと罠を仕掛けてみませんか。待っているだけではなく、私たちから行動を起こせばはっきりすると思います」

カレンはそう前置きし、一つ、賭けに出た。

・・・・・・・・・・・・・・・

ラ・フォーラス王国の王が屋敷中を歩き回っていた。

どうやらリュクタルの皇子を心配し、賊に関する情報を集めているらしい。使用人たちは誰もが戸惑っていたが、王直々の詰問を無視することもできずにおとなしく応じていた。ただし、異国の使者は彼らの思う通りにはいかなかった。少なからず反発があったうえ、言葉が通じず、通訳を介しての詰問になったからである。

結果的には、屋敷の主同様にたいした情報は得られなかったようだ。

日が傾きはじめる頃、王は失望を隠しきれなくなっていた。

呑気なことに、リュクタルの皇子はそんな彼らのあとを面白そうについて回った。

リュクタルにいた頃は真面目だと思っていた皇子は、遊学すると決まったとたん箍がはずれたように遊びほうけた。十年前、早々に皇太子候補に選ばれた人間とは思えない奔放ぶりである。選定式になれば、皇帝としての資質を問う試練がはじまる。それまでのあいだ、わずかな自由を満喫するつもりなのだろう。

――彼はどうせ、皇帝にはなれない。

どれほど賢くとも、どれほど人望があろうとも、どれほど精力的に動こうとも、彼にはその資格がない。そしてその事実を彼はすでに知っている。知ってなお、自由奔放に行動し、人々を振り回し続けている。

早く始末し、吉報を届けなければ。

それが〝彼のお方〟の望みであり、正しき道なのだから。

けれど、なかなかうまくいかない。

運び込まれる食材の中に何度か毒草の類を忍び込ませたが、なぜだか調理されることなく破棄されてしまった。屋敷の中に、皇子が連れ歩く従僕並みに毒草に詳しい者がいるらしい。

無知な料理人たちによる〝不慮の事故〟――いい案だと思ったのに使えない。

別の方法を考える必要がある。

いかにして事故に見せかけ殺すか。いかにして病に見せかけ殺すか。

――ああ、違う。そんなものは、きっと失敗してしまう。誰かが異変に気づくだろう。小さなほころびは、彼の方のもっとも恐れるものの一つだった。

隠したほころびはやがて大きくなって繕えなくなる。

ならば、隠す必要などないのではないか。

「……そうだ。今まで自分はなにを悩んでいた……？」

祖国を出た今が好機だ。

どこにでも売っているだろう質素な短剣を暮れゆく太陽にかざし、ゆるく笑う。

「間もなくです、ご主人様」

ささやくと、胸の奥が鈍く痛んだ。


……………………………

「リュクタルの人間から話を聞くのは難儀だったな」

「うむ。なかなか楽しい余興であった」

「たいした情報もなかったし」

「さすが、ラ・フォーラス王国の国王だけある。この強引さは余も見習うべきであろうな」

「――カシャ殿」

「ん？　発言を許す、申してみよ」

「渦中の人がなにを呑気に現状を楽しんでいるんだ？　盗難で莫大な被害を受けたのはカシャ殿なんだぞ」

「余の国はリュクタル。宝石なぞ掃いて捨てるほどあるわ！」

（すごいわ、会話が全力ですれ違ってる！）

カレンは驚愕した。やっぱりバカ皇子じゃないの、と、グレースが呆れている。レオネルはまだ仕事に復帰できず書類は山積みで、忙しいヒューゴの苛々は最高潮だった。

「今日は俺が護衛につく。カシャ殿はおとなしく休んで、明日早々にここから立ち去れ」

「余はまだ遊学を楽しむつもりでいるのに」

「こんな状況で続ける気か？　リュクタルに戻れ。選定式だってはじまるんだろう」

「ふむ。戴冠式には呼んでやってもよいぞ」

「遠慮する」

ぎゃあぎゃあと騒ぎながらヒューゴとカシャが部屋に入る。実に賑やかだ。近衛兵が数人、心配してついてくる。もちろんカレンも同行し、グレースも一緒だ。

カシャの部屋にいた護衛を全員追い出し、ヒューゴがソファーに腰を下ろした。

「今日はもう休まれよ」

「まだ星がきらめきはじめたばかりではないか！　余が寝るわけがない」

「明日から長旅だ」

「余はまだ帰らぬと言っておるではないか！　耳が遠いのか、ラ・フォーラス王国の王は！」

「頭がゆるいよりマシだ」

「言うに事欠いて……無礼であるぞ！」

「お、お茶を淹れますね！」

カレンはこっそりと移動する。

「もうよい、出ていけ！　そなたの護衛などいらぬ！」

荒々しい声とともにカシャがテーブルを蹴る。室内に派手な音が響き、ヒューゴが即座に立ち上がった。

「人が親切で言っているのに」

「口答えをするな！　余はリュクタルの皇太子候補なるぞ！　そなたの護衛なぞなくとも問題

などないわ！　もう寝る！　出ていくがよい!!」

張り上げた声とともに皇子の部屋のドアが開き、苛立ちを抑えきれない足音が廊下を移動する。部屋の明かりはすぐに落とされ、残された皇子は大股でベッドに向かい、潜り込むなり頭からシーツをかぶった。

目も当てられないような子どもの喧嘩だった。

王国の王と異国の皇子に似つかわしくないほどの。

部屋は静まり返り、やがて寝息が聞こえ出す。呑気このうえないことに、もう寝入ってしまったらしい。

どれほど時間がたったのか、衣擦れの音すら聞こえない薄闇の中、かすかな金属音が響いた。

わずかな間をあけ、施錠されているはずのドアが開く。

月光に四つの影が浮かび上がった。それらは室内の状況をあらかじめ把握しているように迷いなくベッドへと向かった。言葉を交わす気配があったが、なにを話しているかはわからなかった。

けれど、目的はわかった。

彼らの手にはそれぞれに短剣が持たれていたのだから。

やはり、という気持ち。

カレンは短銃を手に衣装部屋から飛び出した。

「そこまでよ！　武器を捨てなさ――」

　銃を構えて怒鳴る途中、短剣を持つ影がどっと音をたてて床に伏せた。続いてもう一人。なにが起こったのかと敵が驚倒し、カレンも同じように驚倒していた。それほど鮮やかな一刀で侵入者が昏倒していたのだ。

「その腕で襲うなど、返り討ちにしてくれと言っているようなものだぞ」

　低く告げた声は、ベッドで寝ているはずのカシャ――ではなく、ヒューゴだった。侵入者があからさまに動揺し、逃げだそうと踵を返す。

　ヒューゴはそれを許さず、瞬く間に残り二人を床に沈めた。

（うわあ、格好いい……って、待って!?　剣を鞘から抜いてもいない!?　ってことは、全員、打撃の一発で昏倒したの!?）

　カレンはそっと銃を下ろした。銃口を向ければ敵がひるむと控えていたが、まったく必要なかったようだ。ヒューゴが枕の下から取り出した縄で全員を縛り上げるのを脇目に、王の部屋で待っているカシャたちを呼びに行く。

　カシャの部屋に戻るとランプはすべてつけられ、派手な敷布の上に侍従長のセイランと彼の部下である侍従が三人、いまだ気を失って倒れていた。

「まさか侍従長自らが行動するとは」

　さして驚く様子もなくカシャは侍従長を見おろす。カシャの顔と手には、ぬぐいきれなかったおしろいが残っていた。

至宝はヒューゴの手元にある。前戦に立ち武人としても有名な彼から至宝を奪うのは不可能——次に敵が考えるのは一つ。持ち主であるカシャを屠(ほふ)り、亡き主人の代わりに祖国へ持ち帰ると訴え、ヒューゴから至宝を受け取るというものだった。

だから護衛を遠ざけ、狙いやすいように一芝居うった。しかし、カシャを部屋に残しておいてもしものことがあれば外交上問題になる。よって、腕に覚えのあるヒューゴがカシャの身代わりを買って出てくれた。大人数で部屋に押しかけ、大騒ぎしてわざとらしく喧嘩別れする。ちなみに言い合っている最中にカシャの顔におしろいを塗りたくったのはグレースだ。ヒューゴのほうが体格がいいが、身長はカシャとほぼ同じなため服を着込めば体型自体は誤魔化せた。肌の色を変え、大人数で移動することで二人が入れ替わったことを隠したのである。

さして役に立たなかったが、カレンも便乗して用心のために部屋に残った。

そして、現在にいたる。

(皇子が護衛もろとも陛下を追い払ったって強調するために派手に喧嘩してもらったとはいえ、思った以上にあっさりと捕まったなあ)

「では、真意を問おうか」

そう言ったヒューゴは、無造作に水差しの水を侍従長にかけた。うめき声をあげて目を開けた侍従長は、ヒューゴを見て「ひっ」と声をあげ、カシャに気づくと真っ青になった。彼の部下は気を失ったまま縛られていて、彼らが使っていた短剣はまとめてテーブルの上に置かれていた。

「余の部屋に押し入った理由を訊こう。申し開きがあったら言ってみるがよい」

そう告げたあと、カシャは困惑する侍従長に気づいてリュクタルの言葉で言い直した。すると侍従長はぶるぶると震えだし、カシャがテーブルから短剣を取ると激しく首を横にふった。

カシャは無表情のまま短剣を持ち直し、侍従長の首に向かって突き出した。

皮膚を貫く刹那、ヒューゴの剣が短剣を弾き飛ばした。

「むやみに殺すな。死人から話は聞き出せないんだぞ」

ヒューゴの指摘にカシャは溜息をつき、歯の根が合わなくなるほど怯える侍従長を見た。再びカシャが問うと、侍従長は訥々と答えた。言葉はさっぱりわからないが、カシャの表情が険しくなったあと、呆れたように歪んだ。一通り必要な情報を聞き出したらしく、カシャはヒューゴへと視線を戻した。

「まず断っておくが、侍従長はあとから合流した人間で、それ以外はもともと余の遊学についてきた人間である。侍従長は、守人から至宝の奪還を、コウアン——余と同じ皇太子候補の一人から、余の暗殺を命じられていた。どう探しても至宝が見つからず余の暗殺を見送っていたが、至宝がそなたの手に渡ったために行動に出たと申しておる」

「——つまり、こちらが読んだ通りか」

「然り。残りの者はアカバとホウジュ、ガランの三人、これも皇太子候補だが、それらから余の暗殺を命じられていたそうな。つまるところ、目的を同じくした輩が手を組んだと」

「……もしかしてまだいるのか、刺客が」

「さて。どうであろうな」

カシャが興味なさそうに肩をすくめると、ヒューゴが顔をしかめた。

「そんな顔をするでない。派手な動きをすれば、いずれハサクが気づいて始末するであろう。あれは余に引け目があるからの」

「……ならばいいが」

不承不承といった様子でヒューゴがうなずく。姉と仲のよかったカレンにとって、刺客を送り込んでくる兄弟がいるという事実が衝撃的だった。

その後も用心したヒューゴがカシャの代わりにベッドに潜り込んだが、幸いにしてそれ以上の招かざる来訪者はいなかった。


なんだか腑に落ちない。

(なんだろなあ、このモヤモヤ……)

昨日、ヒューゴの協力でカシャの暗殺を目論む者たちを捕らえることに成功した。侍従長を含む四人は早朝にやってきた警邏兵に引き渡し、改めて取り調べをしたあと、リュクタルに護送されることになるだろう。

一件落着だ。

レオネルも王城に戻るめどがつき、ヒューゴとグレースも合わせて帰城することになった。が、カレンはいまだモヤモヤを引きずりながら縫い物をしていた。今日の細工は、グレースが使うコルセットの改良である。素材は厳選に厳選を重ねた一点ものだ。

（本物としか思えないこの触り心地。柔らかさと弾力を極限まで極めた至高の一品）

コルセットで締めつけすぎないように、なおかつつけ心地を重視しながらちまちまと修正を加えていく。

「なぜまたコルセット？」

「秘密兵器です」

縫い物の手を止めずにグレースに答えると、ことんと首をかしげつつザガリガの実を差し出してきた。最近、一日に一回食べているが、やっぱりおいしくない。にもかかわらず、グレースが上目遣いで尋ねてきた。

「おいしい？」

（わあ。卑怯だー）

性別上は男だが愛らしさは完全に乙女仕様だ。そんな主に、カレンは神妙な顔を作った。

「おいしくはありませんが、だいぶ慣れました」

「そう。それで、なにか悩み事でもあるの？　ずいぶん難しい顔をしているけれど」

　机上の書類と戦っているヒューゴをちらりと見ながらグレースが尋ねてくる。悩みというには曖昧な感情にカレンが口をつぐむと、グレースは扇を広げて優雅に立ち上がった。

「少し散歩をしましょう。ヒューゴ様はお仕事があるので居残りです」

「しかし、俺がいないとカシャ殿が」

「護身用に銃も持っています。私は筋がいいのでカシャ様も撃退できます」

「――持たせるんじゃなかったな」

　ふうっとヒューゴが溜息をつく。なんとか同行しようと理由を考えるも、グレースは一向に了承しない。最後はヒューゴが渋々とうなずく形になった。

「近衛兵を何人かつける。遠方からの護衛だ。そのくらいはさせてくれ」

「わかりました」

　グレースがうなずくと、ヒューゴは近衛兵長のミック・オリヴァーと数人の兵士を呼んだ。

（ぎゃあああああ！　ニコルよ、ニコル！　禁忌の人――!!　どうしてセバスチャンだけが王城にいるのかしら!?　って、実際のセバスチャンは男じゃなくて実の妹なんだけど！）

「カレン？　どうしたの、鼻息が荒いわよ？　前のめりだし、顔も赤いわ」

「いえ、なんでもありま……はっ!?　本当になんでもありませんよ!?」

慌てて興奮を隠しグレースに答えていたら、ヒューゴと目が合ってしまった。「まさかお前、気づいたのか？」という顔をされたので、「いいえ、ちっとも気づいてません」と口パクで答えて首を横にふった。

すうっとヒューゴが目を細める。

「お前というやつは」

「ほ、本当に！　気づいてません！　ちっとも！」

とっさに否定したのに、ヒューゴはうまく誤魔化されてくれない。むしろ確信を持って見つめられてしまった。

「言うなよ？」

ヒューゴに口止めされてカレンは涙目で首肯した。当たり前だ。言えるわけがない。その点においては確実に守ることができる。

「もちろんです」

「――やっぱり気づいてるんじゃないか」

「…………!!」

下手に答えたせいでヒューゴの言葉を肯定することになってしまった。顔を引きつらせるカレンと呆れるヒューゴの顔を交互に見たグレースは、するりとカレンの腕に自分の腕をからめ、ヒューゴを睨（にら）んでから近衛兵たちを引き連れて客室をあとにした。

「グレース様？」

「お前はすぐにヒューゴ様と私の知らない話をするのね」

(グレース様が拗ねていらっしゃる……!!)

ぷうっと頬を膨らませるグレースにカレンは目を見張る。この愛らしさはどうしたことだろう。世の男どもが騒ぎ立てるに違いないので、カレンはとりあえず近衛兵から隠すようにして廊下を歩いた。

「それで、悩み事は？」

小首をかしげつつ尋ねられ、カレンは目尻を下げた。

(出会った頃のギスギスして高圧的だったグレース様って周りを警戒してのことで、生来のグレース様ってこういう感じなのよね。ああ、癒やされる)

懐いているのはカレンだけ――この特別感がたまらない。

頬がゆるまないよう顔を引き締め、カレンは答えた。

「実は、何度か食材に不審なものが交じっていることがあったんです」

「たとえば？」

「毒を含む植物や果実、香辛料など」

「カシャ様を狙ったものだと？　でも、犯人は捕まって警邏兵に引き渡されたでしょう？」

「そうなんですけど……なんていうか、やり方が違いすぎるんです。至宝を探してた侍従長が食材に毒を交ぜるのは理に適いません」

「侍従長以外は至宝に興味がなかったなら、抜け駆けした可能性があるわ。立場もあるから表向きは協力していただろうけど、必ずしも本心だったとは言えないのだから」

「そ……そうなんですけど」

　単独で動くほど積極的な人間が、毒殺なんてまだるっこしいことをするだろうか。第一、毒を含む食材が必ずカシャの料理に使われるとは限らないのだ。

「遠回しすぎるというか、運任せというか……考えれば考えるほど不自然なんです。必死さがないみたいで。実際、毒のあるものは全部私が始末してますし」

「――よく厨房に顔を出していると思ったら、そんなことをしてたの？」

「ぐ、偶然見つけてしまいまして」

　見つけたらそのままにはできないので毎回きっちり捨てておいた。今朝はさすがに混入していなかったが、それだけで犯人が捕まったと判断するには弱い気がしてならなかった。

「心配ならヒューゴ様に言えばよかったのに」

「陛下に伝えると、また仕事が増えそうな気がして」

　寝不足で倒れたヒューゴを思い出し、カレンはぼそぼそと答えた。

（気力も体力もあり余ってる陛下が倒れるとか相当なことだし！　今もまだ仕事してるのに、憶測だけでこれ以上無茶なんてさせられないわ……!!）

悶々としていると、グレースの声が聞こえてきた。

「ヒューゴ様は相談されたら喜ぶ方よ。まるで大型犬のように」

ああ、やっぱり大型犬……などと納得しつつ、カレンは言及を避けて外へ出た。リュクタルの人間が捕まったのに宰相家自体はいつも通り静かで平穏だった。昨日の一件も、ここ数日のできごとも、なにもかもが夢だったのではないかと思えるほどだった。

屋敷を見つめながら思案していると、グレースがカレンの顔を覗き込んできた。

「まだ油断しないほうがいいと考えているのなら、いっそカシャ様に直接伝えてみる？」

「そ……そうですね。警告くらいは必要、ですよね」

心配しすぎかもしれないが、もしものことを考えると放置もできない。カレンはグレースの提案に賛同してカシャを探した。

カシャの行動はパターン化している。異性を探して徘徊するか、適当に屋敷の周りを歩き回るか、牛を見ているかの三つだ。カレンは少し迷ってから分娩小屋へと向かった。

「どうして分娩小屋にいると思うの？」

「皇子はもともと牛がお好きみたいですし……部下から命を狙われていたなんて、考えるだけで気が滅入ると思いませんか？　こういうときこそ癒やしが必要なのではと」

刺客を放ったのが血の繋がった兄弟なら、その事実に疲弊しているはずだ。きっと潤いを求めているはず――そう思って分娩小屋を覗き込む。

果たしてそこには、異国の皇子が物憂げな表情で立っていた。

(め、めちゃくちゃしょげてない……⁉)

この世の終わりみたいな顔で眠る子牛を見ている。

「遊学が中止になるから落ち込んでいるのね」

案外あり得るから恐ろしい。カレンがグレースに「そう見えますか？」と小声で尋ねると「そうなんじゃないの？」と、あっさり返ってきた。それならそれで早めに帰国してくれればヒューゴへの負担も減るだろう。

声をかけるか否かを悩んでいたカレンは、小屋にカシャ以外の影があることに気づく。

(あれって、ビャッカさん……？)

カシャが出歩くときは誰かしらそばに付いている。侍従たちが起こした事件で混乱しているため今日はビャッカが付き添っているのだろうが、それにしても顔色が悪い。収穫祭のときに見せた熱はなく、カシャに向ける横顔は苦しげですらあった。

(ビャッカさんは侍女だから反徒に気づかなかったのは仕方ない、なんて声をかけても、慰めにはならないだろうなあ)

悩むカレンの隣でグレースが目を大きく見開き、近衛兵たちがいっせいに武器を手にする。

奇妙に思ってカレンは視線を正面に戻した。

カシャとビャッカが寄り添っているように見えた。

「……え……？」

けれど、違った。カシャは額に玉の汗を浮かべ、赤く濡れた手でビャッカの肩を押し戻す。二人のあいだに現れたのは短剣だった。カシャの腹部は真っ赤に染まり、したたった血が土を赤黒く塗り替えていく。

カシャは苦痛に顔を歪めながら腰から下げた剣を抜き、ビャッカを斬りつけた。

（ど……どうして……？）

茫然とするカレンたちをその場に残し、近衛兵が分娩小屋に駆け込む。カシャは膝を折り、ビャッカはその場に倒れた。

「誰か清潔な布を！　それから医者を呼んできてくれ！」

近衛兵長のミック・オリヴァーが叫ぶ。剣を支えにしていたカシャの体から力が抜けていく。

「ビャッカさん、どうして」

そこまで言って、カレンははっと口を閉じる。ビャッカの服のポケットから、親指ほどの大きさの木の実がいくつか転がり落ちた。

「――シデの実」

硬い殻を割って出てきた実は、触れれば肌がかぶれ、食べれば短時間で意識障害を起こす猛毒だ。カレンは反射的にグレースを守るように後ずさった。

ざっと血の気が引いた。

連日のように食材の中にまぎれ込んでいた毒草の類。侍従長とやり口が違うのも当然だ。標的であるカシャより力の弱いビャッカが、相手の息の根を止めようと毒殺をこころみていたのだから。

倒れたまま動かない美しい女――カシャが信頼を寄せていた彼女もまた、刺客だったのだ。

屋敷が再び混乱したのは言うまでもない。

幸いだったのは、宰相邸に医術の心得がある者がいたという事実である。

いち早く小屋に駆け付けた屋敷の主ギルバートのおかげで、カシャもビャッカも一命を取り留めた。腹を刺されたカシャは幸いにして重要な臓器への損傷が少なく、カシャに斬られたビャッカも、致命傷にはいたらず死をまぬがれた。

もっとも、すべてはギルバートの適切な処置があってこそだ。

すぐに動かせないビャッカは、傷の回復を待って警邏兵に引き渡されることとなった。

遅めの昼食を前に、カレンはがっくりと項垂れた。

「すみません、私のミスです。違和感があったにもかかわらずこのような結果に……」

「今回の件に関しては予測不可能だ。犯人は捕まったと誰もが油断していたし、違和感だけで不審者の特定は難しい。あの場にお前たちが居合せたおかげでカシャ殿が助かった。その事実を評価すべきだろう」

ヒューゴに言われてカレンは唇を噛みしめた。

ビャッカの荷を検めたが私物らしい私物はなく、必要最小限の服と、皇子の世話係として恥ずかしくない程度の装飾品があっただけだった。なぜこんなことをしたのか、どんな意図があったのか、彼女自身がなにを考えていたのか、真相に繋がるものは何一つ出てこなかった。使用人たちに話を聞いても、旅をともにしながらも彼女と親しくする者は一人としてなく、その心を推察することはできなかった。

（……なんて、寂しい人）

まるで自分から壁を作っていたような印象だ。カレンはそうとも知らず、ビャッカを見つけると積極的に話しかけていた。きっと煩わしく思っていたに違いない。

（でも、訊けばちゃんと答えてくれた。そんな人が、どうして……？）

悪い人ではないと思う。それでもビャッカは主に刃を向け、今は深い傷を負って眠っている。

「……ビャッカさんは、皇子のことが好きなのだと思っていました。だから異国の言葉を覚え、遊学についてきたとばかり……」

「人の心は推し量れないものよ。食事をとって、少し落ち着きなさい。はい、あーん」

なんと恐れ多いことに、王と王妃の食事に同席する栄誉を賜ったばかりか、王妃自らがフォークに刺した肉をカレンに差し出している。

「……あーん」

そして、対抗した王も肉料理をフォークに刺してカレンに食べるよううながしてきた。

「自分で食べられます……!!」

が、意地になった二人が食べろとせっついてくる。

（うあああん、どうしてこういうところだけ気が合うの!?）

食べるまで許してもらえそうにない。カレンは肩をすぼめ、震えながら口を開く。さっぱりと塩で味つけされた肉料理は食べやすく、大変美味だった。

（悔しい！　こんなときでも巻き毛牛は最高ね……っ）

どんなに落ち込んでいようともおいしいものはおいしいらしい。グレースの差し出した肉を頬張ったあと、躊躇いつつヒューゴの差し出した肉を頬張る。二人同時に嬉しそうに微笑まれ、おかしな羞恥心に襲われて顔が上げられない。

「ひとまず、カシャ殿の命に別状はない。傷が癒えたら帰国するよううながすことにした。選定式まで間があるが、カシャ殿もぎりぎりまで遊学を続ける気はないだろう」

「それがいいと思います」

ヒューゴの考えにグレースも賛同する。さすがのカシャも、この状況でごねたりはしないだろう。カレンも納得して昼食に手をつける。いつもは使用人部屋でこっそりとるから、こうして誰かと食卓を囲むのは久しぶりだ。

他愛もない話をつらつらとしながら昼食をとり終えて食器を厨房に運ぶと、心配していたらしい使用人たちに次々と声をかけられた。

食器を片づけ客間に戻ろうと階段を上がる——そのとき。

「大変だ！　ビャッカが逃げた！」

近衛兵の声がして、カレンは仰天した。

(逃げた⁉　あの怪我で⁉)

麻痺性の薬で一時的に眠らせて傷を縫合したと、ギルバートから聞いている。薬が切れれば動くこともできるだろうが、逃げ出せるほど軽傷ではないはずだ。カレンがビャッカを収容していた一階の角部屋に向かうと、すでに近衛兵が集まって捜索をはじめていた。

「ビャッカさんが逃げたって、どうやってですか？」

声をかけると近衛兵長が割れた窓を指さした。桟に血がついていた。

「ハサク殿が言うには、はめ殺しの窓を壊して逃げたそうだ。まさか見張りの目をかいくぐって逃走するとは……馬小屋と周辺の見回りを！　見つけ次第拘束しろ！」

近衛兵長が部下に声をかけていると、騒ぎを聞きつけヒューゴがやってきた。

「どうした？」

「それが……」

ヒューゴとともに近衛兵長の報告を聞くカレンは、再び覚えた違和感に神経を尖らせていた。

術後間もない女が、窓を壊して逃走するのは可能なのだろうか。もし可能であれば、逃走用の足を確保すると考えた近衛兵長は正しいだろう。

(でも、そうじゃなければ？　それ以外の可能性があったら――)

ふいに違和感の正体に気づき、カレンは肩を震わせた。

ハサク殿が言うには、と、近衛兵長は確かにそう説明したのだ。

(ビャッカさんの逃走を目撃したのはハサクさんだけ。そのハサクさんは)

ここにはいない。

いるはずの護衛は怪我人とともに消えている。だったら可能性は一つ。

カレンは踵を返すと廊下に出て目をこらす。すぐに壁際に赤い点を発見した。

(あった、血痕！　窓を壊したあと、駆け付けた近衛兵に近衛兵長を呼びに行かせ、そのあいだに動けないビャッカさんを運んだんだ)

血痕は階段に向かっていた。カレンは二階に上がり、ぎょっとした。血痕はカシャの部屋の前で途切れていたのだ。

困惑しながらドアを開けたカレンは、床を見てぎくりと足を止めた。

力なく投げ出された四肢、包帯の上からにじむ血、激しく上下に揺れる胸、荒々しい息づかい――安静にしていなければならない女が床に放置されている。

そして、血を思わせる真紅の天幕が吊るされたベッドの上には、怪我を負って眠り続ける力シャと、その彼に馬乗りになる仮面の男がいた。

　仮面の男の手には短剣が持たれている。ビャッカがカシャを襲ったときに使った短剣だ。なぜこんなところに、そう思ったカレンは〝刺客〟がビャッカの他にも残っていたことを悟った。

「ビャッカさんに罪を着せるつもり？」

　仮面の男――ハサクは、カレンを見てからビャッカへと視線を移し、最後にカシャを見た。そして、無造作に短剣を振り上げる。

「や、やめなさい！　やめないと、撃つわよ！」

　カレンは護身用に持っていた銃を構えた。宰相家の使用人たちとの交流に比重を置いたせいで、正直、射撃の腕はまったく上達していない。銃口を人に向ける恐怖に、手が小刻みに震えてしまった。

「引き金くらいは引けるんだから！」

　できれば撃ちたくない。きっと威嚇にすらならないし、もしも誤ってあたってしまったら、それこそ命にかかわってしまう。

　けれど、カシャを守るためにも侮られるわけにはいかない。

「武器を下ろしなさい」

　カレンが強い口調で訴えると、ハサクは短剣を持ち替えた。したがってくれるのかとほっとした直後、凶刃が振り下ろされた。

驚きに体を強ばらせたら人差し指に力が入ってしまった。

鋭い銃声に反射的に目を閉じ、慌てて開く。ハサクが上体をねじっているのが見えた。次の瞬間、白い仮面がずるりと顔からはずれ、ゆっくりと落ちていく。

「え……？」

仮面の下から現れた顔に、カレンは目を疑った。

カシャがもっとも信頼していた寡黙な護衛、ハサク。どんなときでも仮面をはずさず、カシャの影のように寄り添っていた男――その顔は、まさしくカシャそのものだったのだ。

（同じ顔!?　まさか、替え玉!?）

一瞬、グレースのことを思い出した。

（違う。グレース様とは全然別だわ。どうして主を守るはずの人間が刃を向けてるの？　よく見て。なにがおかしい？　どこがおかしい？　ずっと感じてた違和感の正体はなに？　私はなにを見落としている――？）

短剣を構え直すハサクを見てカレンは目を見開いた。長袖を着込んだ腕が陽光に透け、しなやかな影を作る。鍛えられてはいるが、他の護衛たちとは微妙に違う影を。

刹那、閃いた。

「だめです、皇子！」

ぴたりとハサクが動きを止める。二度瞬きをし、カレンを見た。困惑の眼差しだ。

（私の言葉に反応した。じゃあやっぱり、気のせいじゃなかったんだ……!!）

カレンは驚きを隠して口を開く。

「朝、ハサクさんのふりをして鍛錬をしていたのは皇子ですよね？」

ハサクが目を細めた。否定の言葉の代わりに殺気をカレンに向けてきた。喉が干上がるほどの緊張の中、カレンはまっすぐハサクを見つめ返した。

「分娩小屋で子牛を見ていたのはハサクさん。ハサクさんをしゃべらせなかったのは、声を聞かれて皇子と似ていることを気づかれるのを避けるため――違いますか？」

殺気を消し去ってハサクが微笑んだ。

「驚いた。ハサクを拾って五年ほどたつが、気づいたのはそなたがはじめてよ」

（あ、あ、あたったああああ!!）

胸中で絶叫しつつ、カレンは険しい表情を崩さなかった。

二人の違いはわずかな体格差と雰囲気だ。女を追いかけ回していたのはカシャで、肥育地を好んで歩き回っていたのはハサクだが、気分屋の皇子であればその行動に疑問を持つ者はいないだろう。見た目も感心するくらいそっくりで、体型は服を着込めば隠すことができる。普段から言動が突飛な皇子だから、多少の違和感は皇子の気まぐれと処理されて、彼らの入れ替わりに気づく人間はいなかったのだ。

「なぜ皇子が護衛を殺すんですか？　信頼していると、そう言っていたのに」

「これは余の影である」

「その影を、あなたが消す意味が知りたいんです」

銃声を聞いた誰かが駆け付けてくれるまで時間を稼がなければならない。けれどカシャは、カレンの問いに聞く耳を持たず、皮肉げに口角を引き上げた。

「自由になるために決まっておる」

短剣が再び振り上げられる。カレンはとっさに銃を持ち上げ――そして、床に伏していたビャッカが立ち上がるのを見て声をあげた。

動ける状態ではないはずだ。それなのに彼女はハサクを守るようにおおいかぶさった。短剣がビャッカの背に深々と刺さり、うめき声が室内に響いた。

「だめです、殿下。あなたがハサクを殺すことだけは、してはなりません」

「――ビャッカ」

驚愕に顔を歪めカシャが短剣を引き抜く。ビャッカの体に巻かれた包帯が、新たな傷から噴き出した血で赤く染まっていく。

「殿下を殺しきれなかった。ああ、ロア様に叱られてしまうわ。だけど――」

ビャッカが笑う。満足げな笑みだ。そのままずるずると力なく床にくずおれ、彼女は動かなくなった。

「お、皇子」

「来るな！」

　足を踏み出したカレンは、カシャの鋭い声に肩を震わせる。そのときようやく背後から足音が聞こえてきた。カレンはとっさにドアを閉め、施錠した。血まみれの短剣を見ていたカシャが、ゆっくりとカレンを見る。なぜ、と、その目が問いかけるのを無視し、カレンは激しく揺れるドアを見た。

「カシャ殿!?　無事か!?　今の銃声は——」

「陛下、皇子は無事です」

　破壊しかねない勢いでドアを叩くヒューゴに、カレンは静かに答える。

「カレン？　中にいるのか？」

「——陛下だけ、入ってきていただけますか」

　ドアの外でざわめきがする。すぐに「わかった」と返事があったのでドアを開けると、ヒューゴだけが素早く部屋に入ってきた。再び施錠するカレンに奇妙な顔を向けたヒューゴは、すぐに室内の異様な光景に目を見開いた。

「これはどういうことだ」

　事切れたビャッカとベッドにいる二人の皇子——ヒューゴが目にするのは、混乱して然るべき光景だった。

「ちょうどよい。皇子が死ぬのを見届けてもらおう、異国の王よ」

まるでそれが避けられない運命のように、カシャは再び短剣を振り上げ、躊躇いなく振り下ろした。

カレンは小さく悲鳴をあげ、ヒューゴは反射的に身を乗り出し、そして、カシャは。

「――なぜ、逃げぬ」

白い羽毛が舞い上がり、雪のように落ちてくる。

カシャは、ベッドに沈んだまままっすぐ見上げてくる自分と同じ顔の男に、憎々しげに顔を歪めながらそう問いかけた。

いつ目覚めたのか、ハサクは頬をかすめるようにして枕に突き刺さる短剣には目もくれず、まっすぐカシャを見つめていた。

「カシャに殺されるなら、それも運命だと思った。俺には、お前以外になにもない」

「――そなたは余を恨んでいたであろう。憎んでいたであろう。殺そうとしていたであろう」

「ああ。恨んでいたよ。憎んでもいた。殺そうとしてもいた。全部、俺がなにも知らなかったせいだ」

まだ薬が効いているに違いない。答えるハサクの声にはぼんやりと張りがない。カシャより落ち着いた雰囲気だが、注意して聞かないとどちらがしゃべっているかわからなくなるほど似通った声色だった。

ハサクがカシャに手を伸ばし、引きつる頬に触れた。

「カシャ、俺のたった一人の弟。お前は生きろ。生きて幸せになれ。そのために俺はここまで来たんだ」

「愚か者め……!!」

短剣が再び振り上げられる。

けれど、それはもう、振り下ろされることはなかった。

3

「ハサクの父は商人だった。なかなかの目利きでいい生地を安く手に入れ、後宮に卸していた。そこでロアと知り合った」

ロアというのはカシャの母親で、宮女だと言う。村一番の美人だったが、世継ぎを生み出すためだけに作られた皇帝の箱庭である後宮では、よくいる女の一人でしかなかった。

ロアが寝所に呼ばれ、皇帝が渡ったのはただの一度だけ。懐妊の兆しはなく、ロアは日に日に追い詰められていった。そんなときに出会ったのが件の商人だった。

「口のうまい男で、ロアと深い仲になるのもさほど時間がかからなかった。そして、子が生まれる。不義の子であるが、幸い、その事実は誰にも気づかれなかった。ロアはわが子を一度も抱かず、乳も与えず、声すらかけなかった。おおよそ母親らしいことはせず、〝皇子〟に与える恩恵で暮らしながら、ただただ息子を憎み続けた。が、偶然拾った娘は――ビャッカは、それなりに手をかけていた。もっとも、ずいぶんいびつな愛情で、余がビャッカを羨んだのもはじめのうちだけ――ロアは結局、誰のことも愛せなかった。自分のことすらも」

ビャッカの遺体を埋葬し、カシャとハサクは入れ替わったまま。

〝部屋から抜け出したビャッカが皇子を殺害しようとしたところにハサクが駆け付け、これを阻止した〟というヒューゴの筋書きを周知徹底させたため、現在、怪我を負ったハサクはカシャとしてベッドで眠り、カシャは白い仮面をつけて窓辺でぼそぼそと言葉を紡いでいた。

母親から憎悪を向け続けられた皇子は、面白くもなさそうに言葉を続ける。

「順風満帆だったハサクの父親が妻を亡くしたあと、立て続けに仕事で失敗をした。穴埋めに金が必要だった。無心したのは知らぬ仲ではない女――ロアだった。頼めば金を与えてくれる女。実に都合のいい女だ。当然男は仕事をしなくなる。ロアの懐具合など考えることもなく金をせびり、拒否されたら脅す。ロアには余という厄介な荷物がいた。で、ロアの暮らし向きがあまりにもひどいので、どこに金を使っているのかと調べてみたわけよ。そのときにはすでに男は死んでいたんだがの。娼婦と金で揉めて殺されたと噂されていたが……」

よどみなく語っていた声が途切れる。

おそらくロアが手を回したのだ。ビャッカに娼婦のまねごとをさせて、そして。

カレンはぐっと唇を噛んだ。小さな溜息とともに言葉が続く。

「ひどい男だが、それでも余の父親よ。花くらい手向けてやろうと墓に出向いた。そこで出会ったのがハサクであった。腹違いの兄は、余に驚くほど似ていた。ああ、やはりロアは不義を働いたのかと苦々しく思った」

父親の墓前で、半分だけ血の繋がった兄とはじめて会うなんて悪夢のようだ。

不義密通が知られたら血縁者は皆処罰されるという。母親やカシャはもちろん、その親族たちまで罪人として磔刑になるのだ。

「ハサクは余が父親になにかしたのだと、そう思ったようでな。いきなり斬りつけてきた。どのみち不義密通の事実が知られれば生きてはいけぬ。見世物になって死ぬくらいなら、血を分けた兄弟の手で死ぬほうがいいと、素直に受け入れることにした」

が、ハサクは思いとどまった。

「父が宮女に手を出したあげく、金の無心をしたと知らなかったらしい。これで兄弟そろって磔刑決定よ。――死を覚悟したら、なにも怖くなくなった。余はハサクと結託し、皇帝を欺くことを決めた。その日から、ハサクは護衛となり、余の影となった」

「それを、どうして殺そうと？」

ヒューゴが問うと、カシャは笑った。仮面で隠れて見えなかったが、引きつった笑顔が容易に想像できた。

「外の世界が見たくなった」

空を仰ぐ。

「ヴィクトリアに会って、世界がいかに広いか知った。彼女は王の許婚という立場にありながら留学を繰り返し、さまざまな国に赴いてはさまざまなものを見てきた。そういう生き方があるのかと、余は感銘を受けた。――受けてしまったのだ。けれどこの身はリュクタルのもの。たとえ偽りの皇子でも、リュクタルからは逃げられぬ。ゆえに……」

声がわずかに震えた。

「影を殺し、余の代わりにリュクタルに送ろうとした」

「別に、それでもよかったのに」

ぽつんと声が聞こえた。カシャよりやや低いが、とてもよく似た声――いつから起きていたのか、ハサクがベッドから手を出し、カシャに向けて伸ばしていた。

「母が死んで、父が死んで、俺には復讐しか残されてなかった。それもなくなって、すべてを失ったと思ったら弟がいた。弟は後宮で実母に虐待され、それがいかにひどいことかも気づかないくらい壊れていた。次期皇帝を目指す〝兄弟〟たちとの争いも心が荒むものばかり――そんな弟を見ていたら、たった一つ抱いた願いくらい叶えてやりたいと思うだろう」

「――本当に愚か者よな」

カシャがハサクの手を払う。

邪険にしながらも、カシャは最後の最後でハサクを殺しきれなかった。たった一つの願いより、ハサクの命を選んだのだ。

（家族、か）

カレンは複雑な思いで二人を見る。特殊な形で育ち、特殊な出会いをして結びついた特殊な二人――それゆえの絆であり歪みなのだろう。

「一つ疑問があるのだけれど」

皇子の見舞いと称して同行していたグレースが、思案げに口を開いた。

「ハサクを身代わりに殺して自由になったとして、そのあとはどうするつもりだったの？　母国に帰るにしてもお金がないし、こちらで暮らすにしても働くあてもないでしょう」

「グレース様、そのための泥棒です」

カレンが答えると、グレースが顔をしかめた。

「……どういう意味？」

「ですから、衣装部屋が荒らされたとき、宝石が盗まれましたよね。至宝を探すために部屋中ひっかき回したのは侍従長たちで、便乗して宝石を盗んだのが皇子だったのではと」

「然り」

カシャの声がわずかに弾んだ。

（普段見慣れている皇子なら高価なものは知ってるわけだし。……ん？　どうして至宝を陛下に預けたままにしたんだろう。あれこそすごい金額に……）

カレンの目から見ても大きくて立派な宝石だった。まとまった金額になるのだから、あれこそ持ち出すべき宝石のはずだ。

(世界に二つとない特大の宝石が二個もあるんだし一個くらい……一個くらい……)

そこまで考え、ふと疑念が湧(わ)いた。

「至宝は世界に一つだけですよね？　皇帝の証(あかし)で、とても貴重なもので間違いないですか」

「うむ」

「それが二つありました」

ぴくりとカシャの肩が揺れた。なぜ知っている、という動揺。

「もしかして至宝を持ち出したのは〝保険〟ではありませんか？　皇子の命を守るための保険——一つはハサクさんを殺したあとに侍従長さんに渡して、もう一つは逃走資金として確保するつもりだった。でも、変なんです。どちらが模造品なのかとどんなに見比べてみても、違いがまったくわかりませんでした。となると、可能性は一つ」

カレンは指を立てた。

「どちらも偽物、どちらも模造品ではないかと。あのサイズなら、たとえ模造品でもそれなりの価値になるので持ち出したのではないですか？　これを前提に考えると、皇子は宝石棚の宝石の中から模造品ではない本物の宝石だけを抜き出したのではないかと……」

立ち上がったカシャが、大股でやってくるなりカレンの口を右手で塞(ふさ)いだ。

「とんでもない女よの。それはリュクタルにおける最大の禁忌――知るのは余と皇帝を除けばごく一部の重鎮のみ。安易に語れば命を落とす真実ぞ」

「リュクタルが金剛石の産地であるのは、やはり」

そのときははっきりと、仮面の上からでもカシャが笑っているのがわかった。

「金剛石を人工的に作る方法を見つけたのは余である。今のリュクタルを形作ったのは余である。ならば皇帝の座にもっとも近いのは余ということになる。逃げたくもなるであろう。余を捕らえた箱庭を、今度は余が他人を捕らえるために管理するのだ。悪夢と等しく災厄である」

カシャの言葉にカレンは青くなった。

「み、認めちゃだめなんじゃないんですか、それ！」

リュクタル最大の禁忌――偽物の金剛石を国を挙げて作り出し意図的にばらまいたと知られれば、信用が失墜するどころの騒ぎではない。

国が傾く。

この男は、それすらも望んでいるのではないか。だから至宝を持ち出したのではないか。価値があるものとしてではなく、国を破壊するためのものとして。

「わかった」

ヒューゴがいきなり声をあげた。

「このことは他言無用にしよう。正直、わが国にもリュクタルと貿易をする商人がいて貴国だけの問題にとどまらない」

「――偽物を売りつけられていると知って、見て見ぬふりをすると？」

意外そうにカシャが問うと、ヒューゴが肩をすくめた。

「それをどう受け取るかだ。まさか無価値なものをばらまいているのか？　いずれ貴国が作った石が主流となれば、今流通する石にも相応の価値がつく。違うか？」

「詭弁だな。しかし、よい着眼点と褒めてつかわす。リュクタルが目指すものはより付加価値の高い貴石――いずれにしてもこのままでは終わらぬ」

自分が作り出したものに絶対の自信があるのだろう。断言したカシャにヒューゴはうなずき、強い口調で語りかけた。

「潰すなよ。国を潰せば罪なき民が路頭に迷う。皇子と呼ばれる人間が、それだけはするな」

「……人がいいにもほどがある」

どうやらカシャは、笑ったようだった。

それから数日は、ハサクの怪我の治療に費やされた。ハサクの怪我はみるみるよくなったが、カシャは仮面をしていてもなお無気力なのが伝わってきた。

ハサクを殺せなかった代わりにビャッカが死んだ。自由は得られず、心のよりどころである女性を失った。自暴自棄になるには十分な状況だった。

一日目は食事もとらず空き部屋に籠もるカシャを心配した。

二日目は無理やり食べさせた。

三日目はぼうっと草原を眺めるカシャの姿にモヤモヤ感が募った。

四日目で爆発した。

「いつまでそうしていらっしゃる気ですか」

リュクタルの人間は〝皇子〟の怪我の治療にかかりきりで仮面の護衛に構っているゆとりはなく、ヒューゴもグレースも、傷ついたカシャを見守る姿勢を貫いていた。

しかし、カレンは違った。このまま無気力に生きていくのではないかという不安が限界に達し、カシャに声をかけていた。けれど返事はなく、彼はただ草原を見つめていた。

「ビャッカさんだって、そんなあなたの姿を望んでいたわけでは――」

「気安くビャッカを語るな」

苛立ちの声にカレンは口を閉じた。

「余が愛情を与えられず育った子どもなら、ビャッカは呪詛を与えられて育った子だ。母と呼ぶのも汚らわしいあの女は、ビャッカをなじり、愛し、踏みにじり、慈しみ、いびつに手をかけた。余が――」

ぐっとカシャが拳を握る。

「ビャッカを気に入ったのを知って、嬲っていたのだ。余が皇太子候補に選ばれたとき、あの女がなにを考えたかわかるか。これ以上目立てば、不義の子だと気づかれるかもしれない。ならば皇太子になる前に始末し、自分は息子を亡くし悲嘆に暮れる母親として振る舞おうと、余に、ビャッカをつけたのだ」

カシャがビャッカを想うように、ビャッカもカシャを想っていた。そしてたぶん、ロアと呼ばれるカシャの母親は、二人の想いに気づいていた。

知っていて、刺客として送り込んだのだ。

「ひどい……」

「そういう女だ」

絶句するカレンに、仮面の男は乾いた声で答える。

「――少し、夢を見ていた。国を出れば自由になるのではないか。ビャッカをあの呪縛(じゅばく)から解放してやれるのではないか、と。結局、何一つうまくいかなかった」

苦々しく告げる彼に、カレンはそっと質問を投げる。

「もしかしてビャッカさんは、皇子とハサクさんがときどき入れ替わっていることを知っていたんじゃないんですか？　二人が兄弟だと気づいていたんじゃないですか？」

だから、カシャと入れ替わっていたハサクを分娩小屋で襲ったのではないか。返り討ちになることを承知で、むしろそれを願って、剣を抜いたのだとしたら。

（誰もが皇子の地位だけを見て、奇行だけを見て、本当の彼と向き合おうとしなかった。入れ替わっていたのに気づかないくらい関心がなかったんだ。そんな中でビャッカさんだけがちゃんと皇子を見ていた。だから――）

「皇子がハサクさんを手にかけることだけはしちゃいけないって、そう思ったんですね」

「……もう、どうでもよい」

「皇子」

「すべてはおのれが招いた結果。結局、誰もロアの呪いからは逃れられないのだ。ならばこんな命、あの女にくれてやる」

あきらめきった言葉を聞いた瞬間、反射的に近寄って彼の襟首をつかんだ。顔を近づけたら勢い余って額と額がぶつかって、強烈な頭突きを食らわせることになってしまった。

目の前に星が散る。

カレンは星を吹き飛ばす勢いで怒鳴った。

「それでは祖国にいる母親の思うつぼでしょう!?　あなたは自分の力で幸せを勝ち取るべきです。幸せになって、見返すべきなんです。それがハサクさんの願いで――ビャッカさんの願いなんです！　あなたが毎日ほうけている気なら、私は一日一回頭突きをしますからね!?」

正直、めちゃくちゃ痛かった。涙目で訴えると、頭頂を押さえて体を丸めたカシャが、低くうめいてから顔を上げた。

「なにをする！」

「お仕置きです。自暴自棄なあなたが悪いんです！　これからもヘタレる気なら、毎日頭突きをしますから！」

　決意表明に二回言ったらカシャが仮面をはずして睨んできた。彼も涙目だった。

「侍女だって人間です。生意気なことだって言います。だいたい今はあなただって一介の護衛に過ぎないでしょう」

「なにを——……」

　反論しようとしたカシャの目に生気が戻る。迷いを振り切るような表情を一瞬だけ浮かべ、彼はうなずいた。

「いや、その通りだ。なぜ気づかなかったのやら」

　ふむ、と、カシャは目を細めた。絶望に囚われていた今までとは違う、なにかイケナイことを思いついてしまった顔だ。カシャは仮面を付け直し、頭頂をさすりつつ当惑するカレンを残して部屋を出ていってしまった。

　動く気力が出たのはいいことだ。

　カレンは前向きに考えて安心した。しかし、彼女は間もなく思い知る。

　リュクタルの皇子のとんでもない計画を。

カシャ皇子殿下がリュクタルに向けて出立する前日、改めてあいさつがあった。

部屋にはカシャと護衛のハサク、そしてヒューゴとグレース、それにカレンまでもが呼ばれていた。

至宝を皇子に返したあと、またお前がなにかやらかしたのか、と、ヒューゴに視線で問われてカレンは無言のまま肩をすぼめた。言い訳したいができない空気だった。金剛石の偽造も、実はあとから叱られた。ああいう発言はよくよく精査して口にしなければならないらしい。勘がいいのも考えものだと、ヒューゴがちょっと放心していたのが申し訳なかった。

（……それにしても……）

カレンはゆったりとソファーに腰かけるカシャと、かたわらに立つハサクを見比べる。

（これ絶対に入れ替わったままよね!?　体型は服で隠れてるけど、皇子役のハサクさんがお腹(なか)を庇(かば)って動きがぎこちなくなってる！）

困惑するカレンに気づいたのだろう。ハサク演じるカシャが面白そうに笑っている。まるで本物のカシャのように。

「この国で学びたいことがあると言うので、ハサクはこのまま置いてゆくことにした」

カレンはぎょっとした。もちろん、ヒューゴもグレースも動揺を隠せなかった。直立する仮面の護衛は、そんなカレンたちの反応に満足しているに違いない。自慢げに胸を張っている。

「置いていくというのは……そちらを、そのまま？」

ヒューゴが動転しながら確認していた。

「うむ。構わぬであろう」

傲慢な皇子を演じつつ、ハサクが――カシャが尋ねた。

「入れ替わったままだろう。いいのか、そんなことをして」

ヒューゴの声が小さくなる。

ソファーに座る皇子が笑う。護衛も仮面の下で低く笑った。

「そなたも言ったであろう。どう受け取るかだと。無価値なものを祖国に送るつもりはなく」

歌うように皇子が語る言葉を、仮面の護衛が即座に継いだ。

「また、無価値なものをこの国に残していくつもりもない」

「「これより未来、われらが価値を作るのみ」」

二つの声が、二つの思いが、ぴたりと重なる。生まれも育ちもまるで違うカシャとハサクは、互いが納得したうえで互いが存在すべき場所に還(かえ)るのだ――そんな気がした。

(皇子のお父さんは皇帝じゃない。だから本来なら皇子だって〝偽物〟なんだ。だけど、だけど……!!)

カシャのたどってきた道をハサクが引き継ぐ。

「それは、苦しくないですか」

カレンがとっさに訊くと、ハサクが皇子の顔で笑った。

「異(い)なことを言う。これほど愉快なことはなかろう。余がリュクタルとなるのであるからな」

「……わかった。聞かなかったことにする」

ヒューゴが額を押さえてうめくと、ハサクとカシャが声をあげて笑った。

その姿がとても楽しそうだったので、カレンは言葉を呑(の)み込んだ。

茨(いばら)の道を進む気なのだ。

そして、自分が残した足跡をお互いに確認していく。この兄弟は、そうして歩いていくことを決めたのだ。

翌日、すがすがしく晴れ渡った空の下、異国の皇子は意気揚々(いきようよう)と出立した。

大切な護衛を残して。

終章　王妃様の護衛が決まったらしいですよ！

グレースに専属の騎士がいないと知ったリュクタルの皇子がいたく心配し、一番信頼する護衛を置いていったという話は、王都で美談として広まった。

（なんて計算高いのかしら……!!）

事前にそれとなく噂が流されていて、王と王妃の帰城にいかがわしい仮面の男が同行しても、人々はあっさりと受け入れて歓迎してしまった。

花びらが巻かれた通路は、鮮やかな絨毯を敷きつめたように美しい。家々から降りそそぐ花びらの美しさに溜息が漏れる。

金剛石も美しいが、今ではカレンもすっかり花の虜になっている。

が、カレンはちょっと気もそぞろだった。

「そういえば、ギルバート様からなにか渡されていなかった？」

グレースに尋ねられてカレンはポケットをさぐった。封書を受け取っていたのだ。「これです」と見せると、なにが書かれているか訊かれたので開封して目を通す。

「え……え、ええ!?　クレス公爵閣下もジョン・スミスを読んでいらして、今度屋敷に来たときは聖地を案内してくれるそうです！　ヴィクトリア様もお誘いして聖地巡礼しなくては！　さすがバーバラとアンソニーです！　世代を問わず愛されてる聖典――!!」

ゴホゴホとヒューゴが咳き込む。

「まさか、バレて……いや、なんでもない」

グレースに「どうかしたんですか」と尋ねられた彼は、そっと顔をそむけた。

「必ず返事をよこすようにと書き添えてあります。次に会ったときは、公爵閣下ではなく名で呼ぶようにと！　もう、閣下ったら！　親しくおしゃべりできる相手がいなくて寂しいなら、直接そう言ってくだされればいいのに！」

一般庶民に愛されるジョン・スミスだが、貴族の中には毛嫌いする人もいる。使用人たちと娯楽小説で盛り上がるのもはばかられ、ギルバートも寂しかったに違いない。

興奮して手紙に話しかけるカレンから視線をはずし、グレースがヒューゴを見る。

「カレンの正体に気づいているのかしら」

「ど……どうだろうな。まあ、いい文通相手ができたと思えば」

「そのうち後見人になりたいと言い出しそうね。宰相家の使用人とも仲良くなって、別れを惜しんで泣きながら見送ってた者もいたくらいだし」

「人たらしめ。頼むから誰彼構わず魅了するな」

グレースは溜息をつき、ヒューゴは恨めしそうに睨んできた。「俺の身にもなれ」と切なそうに続けられ、カレンは狼狽える。

「カレンは私のもので、ヒューゴ様のものではありません。だから、ヒューゴ様がどうなろうと関係ありません」

カレンの肩を抱き寄せてグレースが言い放つ。項垂れたヒューゴがちらりと上目遣いに見つめてきた。とても直視しきれず、カレンはそっと目を伏せた。

城に着くと黒髪のカツラをかぶった魅惑的なヴィクトリアが、トン・ブーに引きずられつつやってきた。

「お帰りなさいませ、カレン――!!」

そこは王の帰城を喜ぶべきところではないのか。そもそものカツラはいったいなんなのか。当惑して反応できずにいたら、胴輪がヴィクトリアの手から離れ、地面を蹴ったトン・ブーがまっすぐカレンの腹に突っ込んできた。

「ぐは……っ」

カレンはブタごと吹き飛んだ。ぎょっとヒューゴが振り返り、グレースが短く悲鳴をあげる。

「な、なによ、急に！　いったい私になんの恨みが……」

「置いていかれて怒っていたようですわ。わたくしが登城するたびに代わりに散歩に連れていけとせっついてきて大変でした」

ヴィクトリアの一言にカレンは腹をぐいぐいと押してくるトン・ブーを見た。確かにものすごく抗議しているのが伝わってきた。

「連れていくわけにはいかないでしょ。あなた忘れてると思うけどブタなのよ!?　ぐはっ」

どんっと強く腹を押されてカレンは石畳の上に倒れた。

「その辺にしておけ。カレンが怪我をするぞ」

ヒューゴがトン・ブーを抱き上げる。カレンの二倍はありそうな巨体なのに、ちっとも重そうなそぶりがなかった。仮面の男〝ハサク〟は、驚いたようにそのやりとりを見ていた。

「護衛なら動きなさい」

グレースに注意されてハサクはうなずいた。まっすぐヴィクトリアのところに向かって胸に手を当てて一礼する。

（そうじゃない――!!）

中身はカシャだ。そしてカシャは、ヴィクトリアに魅せられて遊学に出た。わざわざ王都に来たのにヴィクトリアは逃げ、さらに宰相家にまで出向いたのにそこでも会えなかったのだ。ようやく会えて嬉しかったのだろう。

「あらハサク、お久しぶりですわ。本当にグレース様の護衛になったのですね――って、なぜ抱きついてくるのですか!?」

親しげに声をかけたヴィクトリアを〝ハサク〟がぎゅっと抱きしめる。しかも、においを堪能するように顔を擦りつけはじめた。

行動が露骨すぎて、仮面の下で恍惚な表情を浮かべているのが予想できてしまう。

「ハサクさん！　公爵令嬢になんてことをしているんですか！」

カレンが慌てて止めに入ると、今度はカレンにまで抱きついてきた。

「やめなさ――……っ……!!」

近づいてきたグレースの胸を、ハサクがいきなり鷲づかみにした。「ひっ」とグレースが短く悲鳴をあげる。対するハサクは首をかしげながらグレースの胸を揉んでいた。

「なにをするの！」

グレースは上体をひねって両手で胸を隠してハサクを睨んだ。ハサクは指をワキワキさせて、やはり首をかしげていた。

「教育の必要があるわね、ハサク！」

「待てグレース。ハサクはしばらく俺のところで預かろう。根性を叩き直してやる」

怒れる王と王妃に、仮面の護衛はふるふると首を横にふった。いやだ、と、全身で訴えているが、トン・ブーを解放したヒューゴに引きずられるように遠ざかっていった。

「だ、大丈夫ですの？」

ヴィクトリアが青くなってグレースに駆け寄る。すかさずカレンがスカートをつまみ、美しく一礼してみせた。

「いつか絶対仕掛けてくると考え、偽乳進化バージョンを仕込んでおきました。隠蔽工作の一

環で、より自然な感触に近づくよう、厳選素材とともにお裁縫の腕を駆使させていただいております」

グレースは自らの胸を下から持ち上げ、大きく一つうなずいた。

「でかしたわ、カレン。完璧な揉み心地よ」

そして、手と手を取り合う王妃と侍女に、元許婚が呆れ顔になる。

「なにをやってらっしゃるのよ、もう」

「ヴィクトリア様こそ、その髪は……カツラ、ですよね？」

「ええ。王都で流行の兆しがあるんですのよ。わたくしもさっそく一つ買いましたわ」

（そ……その噂の発端は私たちなんじゃ……いや、ここは触れずにおこう）

お似合いですよ、と、素直に褒めたらヴィクトリアが扇を広げてうなずいてから、ヒューゴに引きずられながら遠ざかっていくハサクを見た。

「それにしても、なんだかハサクがとても楽しそうですわね」

「そう見えますか？」

いまだぐいぐいと体当たりしてくるトン・ブーをなんとかなだめながらカレンが問うと、ヴィクトリアは遠い目をしながらうなずいた。

「ええ。リュクタルにいたとき、とても辛そうでした。……不思議なのですけれど、カシャ様がお辛そうにしていると、ハサクも辛そうだったのです。きっと今ごろカシャ様もハサクと同じように、晴れ晴れと帰国の途についていらっしゃるのでしょう」

不遜で傲慢な笑みを浮かべ空を見上げる皇子の姿が脳裏に浮かぶ。

「そうですね」

別の道を歩きながらも、きっとどこかで繋がっている。しんみりと納得していたら。

「待て！」

ヒューゴの声がした。振り向くと、ハサクがカレンたちに向かって猛然と駆けてくるところだった。

「ゆくぞ」

耳に届く小さな声。

「え、今の声……!?」

戸惑うヴィクトリアの手と身じろぐカレンの手をつかみ、ハサクが走る。伸ばされたグレースの手をカレンがとっさに握ると、四人でヒューゴから逃げる形になってしまった。

ヒューゴに続き、置いていかれたトン・ブーが抗議の鼻息で追走してくる。

めちゃくちゃだ。

裏庭を駆け抜ける一行にぎょっと振り向く使用人たちを見て、カレンはたまらず吹き出した。

ヴィクトリアがつられて笑い、ついにはグレースまでもが笑い出す。

こうして王城は、新たな来訪者を迎え入れたのだった。

あとがき

　おかげさまで、『王妃様が男だと気づいた私が、全力で隠蔽工作させていただきます！』が、めでたく二巻の発売となり、設定をねりねりしつつお届けとなりました！　ありがとうございます。作者の梨沙です。

　二巻は迷惑皇子強襲！　の巻でした。はじめは和風をイメージしていたので、名前が微妙に漢字変換できます。ちなみに至宝がなかった頃の守人（もりびと）は、王冠や王笏（おうしゃく）の管理人でした。皇帝にするにはバカすぎる、しかし宦官（かんがん）にするには優秀すぎる、という微妙な立ち位置のカシャの物語、いかがだったでしょうか？

　地味ハイスペックなカレンはますます地味に頑張り、グレースも特別な感情に気づき、そしてヒューゴは深みにはまっていきました。祖父・ギルバートも出てきて賑やかだったのですが、そんな二巻をイラストで華やかに彩ってくださったのが、一巻に引き続きまろ先生です。ありがとうございました。妄想膨らむ素敵な絵を堪能しつつ、本編も楽しんでいただけると嬉しいです。

二〇二一年十一月　梨沙

IRIS
ICHIJINSHA

王妃様が男だと気づいた私が、全力で隠蔽工作させていただきます！2

2021年12月1日　初版発行

著　者■梨沙
発行者■野内雅宏
発行所■株式会社一迅社
〒160-0022
東京都新宿区新宿3-1-13
京王新宿追分ビル5F
電話03-5312-7432（編集）
電話03-5312-6150（販売）
発売元：株式会社講談社
（講談社・一迅社）

印刷所・製本■大日本印刷株式会社
DTP■株式会社三協美術

装　幀■AFTERGLOW

ISBN978-4-7580-9415-3

この本を読んでのご意見
ご感想などをお寄せください。

おたよりの宛て先

〒160-0022
東京都新宿区新宿3-1-13
京王新宿追分ビル5F
株式会社一迅社　ノベル編集部
梨沙 先生・まろ 先生